新日檢 N2｜標準模擬試題

解析本 目錄 ●

新日檢 N2 標準模擬試題
正解率統計表

測驗日期：＿＿＿＿ 年 ＿＿＿＿ 月 ＿＿＿＿ 日

	答對題數	總題數	正解率
言語知識（文字・語彙・文法）・読解	題	÷ 75 題 ＝	％
聴解	題	÷ 31 題 ＝	％

測驗日期：＿＿＿＿ 年 ＿＿＿＿ 月 ＿＿＿＿ 日

	答對題數	總題數	正解率
言語知識（文字・語彙・文法）・読解	題	÷ 75 題 ＝	％
聴解	題	÷ 31 題 ＝	％

測驗日期：＿＿＿＿ 年 ＿＿＿＿ 月 ＿＿＿＿ 日

	答對題數	總題數	正解率
言語知識（文字・語彙・文法）・読解	題	÷ 75 題 ＝	％
聴解	題	÷ 31 題 ＝	％

第4回

測驗日期：_____ 年 _____ 月 _____ 日

	答對題數	總題數	正解率
言語知識（文字・語彙・文法）・読解	題	÷ 75 題 ＝	%
聴解	題	÷ 31 題 ＝	%

第5回

測驗日期：_____ 年 _____ 月 _____ 日

	答對題數	總題數	正解率
言語知識（文字・語彙・文法）・読解	題	÷ 75 題 ＝	%
聴解	題	÷ 31 題 ＝	%

言語知識（文字・語彙・文法）● 読解

1

① 2 仰ぐ——あおぐ

② 2 舐めて——なめて

③ 1 腫れた——はれた

④ 2 童顔——どうがん

⑤ 4 諦め——あきらめ

> **難題原因**
>
> ①：屬於高級日語的字彙，可能很多人不知道如何發音，但這是一定要會的字。
>
> ⑤：「諦める」雖然是還沒到高級之前就學過的字彙，但有時會用平假名表現，可能很多人不知道漢字的寫法。

2

⑥ 1 彼は部下からの信望に厚い。
他很受部下的信賴。

⑦ 2 待望の新作に熱い期待を寄せる。
對期盼已久的新作品寄予熱切的期待。

⑧ 1 これは私が預かる。
這個東西由我來保管。

⑨ 4 彼の行ないは目に余る。
他的行為讓人看不下去。

⑩ 3 あなたが悪いので謝ってほしい。
是你的錯，所以希望你道歉。

> **難題原因**
>
> ⑥：「信望に厚い」（很受信賴）是固定用法，可能很多人不知道這種說法。
>
> ⑦：選項 1、2、3（暑い、熱い、厚い）的發音都是「あつい」，容易混淆。

3

⑪ 2
1 会議前：會議前
2 会議中：會議中
3 会議後：會議後
4 会議間：（無此字）

⑫ 4
1 好感値：（無此字）
2 好感株：（無此字）
3 好感覚：（無此字）
4 好感度：好感度

⑬ 1
1 消毒済：消毒完成
2 消毒終：（無此字）
3 消毒完：（無此字）
4 消毒了：（無此字）

⑭ 4
1 無常識：（無此字）
2 不常識：（無此字）
3 反常識：（無此字）
4 非常識：沒有常識

⑮ 2
1 整暗記：（無此字）
2 丸暗記：死記
3 全暗記：（無此字）
4 闇暗記：（無此字）

> **難題原因**
>
> 說明：
> ● 本題型的考點在於「派生詞」（接頭詞、接尾詞），要知道哪些字詞組合在一起是有含意的派生詞，才能正確作答。

● 被選定為「難題」的，幾乎都是「派生詞」本身就是一個字彙，而且是日本人生活中非常普遍的用法，務必要像背單字一樣熟記這些派生詞。

⑭：

● 「非常識」是一個字彙，是日語中非常普遍的用法。

● 選項 1、2 是陷阱，雖然都具備「不是、沒有」的意思，但接續「常識」後沒有任何含意。

⑮：

● 「丸暗記」是一個字彙，是日語中非常普遍的用法。

4

⑯ 2　1　ごろごろ：重物滾動的樣子或聲音
　　　2　ころころ：經常改變的狀態
　　　3　ぐるぐる：轉來轉去的樣子
　　　4　ごてごて：亂七八糟的樣子

⑰ 2　1　鬆弛
　　　2　歪斜、扭曲
　　　3　改變
　　　4　停止

⑱ 3　1　教育
　　　2　商品
　　　3　禮貌
　　　4　德性

⑲ 1　1　委託
　　　2　相信
　　　3　招待
　　　4　對付

⑳ 1　1　等於
　　　2　回收
　　　3　之後
　　　4　效果

㉑ 3　1　くねくね：彎彎曲曲的樣子
　　　2　よちよち：搖搖晃晃的樣子
　　　3　くるくる：轉來轉去的樣子
　　　4　あちこち：到處

㉒ 3　1　利益
　　　2　部門
　　　3　營運
　　　4　開幕

難題原因

説明：

● 日檢考試中會明顯感受到「擬聲擬態語」入題的，應該非N2的本題型莫屬（並非其他級數不考，而是不似本題型這般明顯集中）。

● 「擬聲擬態語」在學習上本來就有其難度，要特別用心熟記意義、還要掌握正確用法，才足以應付考題。

● 被選定為「難題」的，幾乎都是日本人生活中經常使用的「擬聲擬態語」，務必要像背單字一樣熟記，並透過題目體會其用法。

⑯：屬於「擬聲擬態語」的考題，選項 1、2 字形非常相似，容易混淆。

⑲：如果依賴漢字來猜測意思，容易誤以為選項 1 的「依賴」（いらい）是指「依賴」，不會想到是「委託」的意思。

5　㉓ 4　**ずいぶんな —— 過份的**
　　　1　優秀的
　　　2　溫柔的
　　　3　美人
　　　4　過份的

言語知識（文字・語彙・文法）● 読解

㉔ 2 かかわって —— 有牽連
1 和別人攀談
2 與…有關
3 影響
4 借錢給別人

㉕ 2 あっというまに —— 一瞬間
1 慢慢地
2 短時間
3 在眼前
4 在不知道的時候

㉖ 4 あきれている —— 無可奈何，
不知道如何是好
1 尊敬著
2 注視著
3 期待著
4 放著不管

㉗ 1 うやまう —— 尊敬
1 尊敬
2 輕視
3 忽視
4 說教

難題原因

㉓：「ずいぶんな」是日本人口語交談中經常使用的字彙，但是很多外語學習者可能不知道這個用法。

㉖：「あきれる」有兩種用法：
(1) 以「あきれている」的形式呈現：指因為某人的行為太超過，讓別人無可奈何，不知道如何是好。
(2) 以「あきれた」的形式呈現：可以解釋為「一瞬間的驚訝」。

6 ㉘ 1 なでる —— 撫摸
摸了小孩的頭。

㉙ 1 売り上げ —— 營業額
今年的營業額超過去年。

㉚ 2 謹慎 —— 閉門思過
被交代在家裡閉門思過做為懲罰。

㉛ 1 勘弁 —— 原諒
因為有在反省，所以會原諒他。

㉜ 2 格好 —— 外形
她的雙腿修長，外形極佳。

難題原因

㉚：可能很多人不知道「謹慎」的正確意思和用法。如果依賴漢字判斷，更容易誤解「謹慎」（きんしん）的真正意思。

㉛：「勘弁」是屬於高級日語的字彙，可能很多人不知道正確意思和用法。

7 ㉝ 3 如果有什麼困擾，請找我商量。
1 …があるから：因為有…
2 …があるので：因為有…
3 …があったら：有…的話
4 …があっても：即使有…

㉞ 1 如果為了通過司法考試，再怎麼辛苦也要努力念書。
1 …だったら：…的話
2 …の人：…的人
3 …だけど：雖然…
4 …だろうから：因為應該…

㉟ 4 不強迫部屬做事，而是讓他們有想要做事的幹勁，才是好上司。
1 …になる：要變成…
2 …になった：變成了…
3 …にした：讓…成為了…

4　やる気にさせる：使人有想要
做事的幹勁

㊱　2　喝了水之後就想上廁所了。
1　行きたいになった：（無此用法）
2　行きたくなった：變得想要去
3　行くようになった：變得要去
（此用法屬於習慣的改變）
4　行くはずになった：（無此用法）

㊲　3　在運動中的狀態下，身體變暖
活了。
1　…をしているので：因為正在
做…
2　…をしているなかで：（無此用
法）
3　…をしているうちに：做…的狀
態下
4　…をしているついでに：（無此
用法）

㊳　4　「你有享受到派對嗎？」
1　楽しんであげられましたか：
（無此用法）
2　楽しんで差し上げましたか：
（無此用法）
3　楽しんでやりましたか：你享受
了嗎？（適用於：小孩替我開派
對後，別人問我覺得如何。）
4　楽しんでいただけましたか：有
享受到嗎？（適用於：某人替我
開派對後，問我覺得如何。）

㊴　1　明明說過發言權是平等的，結
果還是以上司的意見為優先。
1　平等だとか言っておきながら：
明明說過是平等的，卻…
2　平等だとされたために：（無
此用法）
3　平等であることを前提にした
ため：因為以平等作為前提
4　平等であるからして：（無此
用法）

㊵　2　即使假裝不知道也是沒用的。
1　…ふりをしたら：假裝做…的
話
2　…ふりをしても：即使假裝做…
3　…ふりをすると：假裝做…的話
4　…ふりをさせて：讓別人假裝
做…

㊶　1　這個貓玩偶好像活著一樣。
1　生きているみたいだ：好像活
著一樣
2　生きているらしい：聽說是活
著的
3　生きているそうだ：聽說是活
著的
4　生きているらしくない：看起來
不像活著的

㊷　1　這個雖然是很舊的車子，但是
對我而言是很寶貴的車子。
1　…にとっては：對…而言
2　…にしては：以…程度而言
3　…にしても：以…程度而言也
4　…がみれば：（無此用法）

㊸　4　源氏物語是以光源氏作為主
角。
1　…になっている：變成…
2　…となった：變成了…
3　…がしている：（無此用法）
4　名詞A＋を＋名詞B＋とする：
以名詞A作為名詞B

㊹　3　我可以理解他的心情（我也並
不是無法理解他的心情）。
1　わかることではない：不是知
道的事情
2　わからないことがある：有時
會不懂（前面接續的助詞必須
是「が」，不能是「も」）
3　わからないことはない：並不
是無法理解的
4　わかったことはない：從來沒

言語知識（文字・語彙・文法）● 読解

有理解過（「私」後面不能接續「には」，「気持ち」後面也不能接續「も」）

難題原因

㉟：
- 必須知道和「部下にやらせる」相反的意思是哪一個，才能正確作答。
- 要掌握「…にやらせる」和「…にさせる」的意思。

㊴：
- 「…ておきながら…」（明明…但是…）的用法較困難。
- 例句：彼はもう浮気はしないと言っておきながら、陰で女と会っている。（男朋友明明説再也不會劈腿，私底下卻還是跟別的女人見面。）

㊸：必須知道「…を…とする」這種固定用法才能作答。

㊹：
- 必須理解「あの人の気持ちも」此處助詞「も」的意思和微妙的語感。
- 因為用「も」，所以選項 1、2、4 都不合邏輯。

8 ㊺ 3 そんな 2 ことを 4 言っても 1 相手にも★ 3 都合が あるだろう。

即使那樣説，對方應該也有自己方便與否的情況吧。

解析
- そんなことを言っても（即使那樣説）

- 都合がある（對方有自己方便與否的情況）

㊻ 2 あの人は偉そうに 4 説教ばかり 2 しているのに★ 3 自分が 1 一番 できていない。

那個人總是自以為是地説教，自己卻是最沒做好的。

解析
- 偉そうに（自以為是地）
- 説教ばかりしている（總是在説教）

㊼ 3 もう 2 過ぎた 1 ことを 3 いつまでも★ 4 言っていても しょうがない。

一直提著過去的事情也無濟於事。

解析
- もう過ぎたこと（已經過去的事情）
- 動詞て形＋も＋しょうがない（即使做…也沒有用）

㊽ 3 私は 4 昨日は 1 先に 2 帰ったので★ 3 彼らが 何時まで店にいたか知らない。

我昨天先回家了，所以不知道他們在店裡待到什麼時候。

解析
- 先に帰った（先回家了）

㊾ 1 ストレスが 2 たまると 3 抵抗力が★ 1 落ちて 4 様々な病気になる。

壓力一旦累積，抵抗力就會下降，出現各種疾病。

解析

- ストレスがたまると…（壓力一旦累積就會…）
- 抵抗力が落ちて（抵抗力下降）
- 様々な＋名詞（各種…）

難題原因

(45)：
- 此文省略了部分文字，所以不容易理解正確意思。
- 完整的説法為「そんなことを言っても、相手の都合があるので無理かもしれない」（即使那樣説，因為對方也有自己方便與否的情況，所以也許沒辦法吧。）

(47)：要知道「…てもしょうがない」（即使做…也沒有用）的説法，才可能答對。

9

(50) 2
1 自業自得：自作自受
2 自作自演：自編自演
3 自由自在：自由自在
4 自暴自棄：自暴自棄

(51) 2
1 流用された：被挪用了
2 起用された：被起用了
3 慣用された：（無此用法）
4 常用された：被經常使用了

(52) 3
1 直感的：直覺的 / 論理的：理論的
2 直情的：不做掩飾的 / 計画的：計畫的
3 直訳的：直譯的 / 意訳的：意譯的
4 英訳的：翻成英文的 / 和訳的：翻成日文的

(53) 1
1 実は：事實上 / …わけではない：並不是…
2 本当に：真的 / …のである：是…
3 実に：確實 / …と言ってもよいのである：可以説是…
4 特に：特別 / …ことが多い：往往…

(54) 4
1 格好が悪い：打扮很糟
2 語呂が悪い：字詞發音組合不好聽、不容易發音
3 意地が悪い：心地不好
4 縁起が悪い：不吉利

難題原因

(52)：
- 必須理解此題之前所談論的內容，才可能答對此題。
- 因為之前的談論重點在於「翻譯」，所以選項 1 和選項 2 可以不做考慮。比較選項 3 和 4，3 才正確。

(53)：必須知道「実は」的用法。同時要知道「実は」後面要接續和前面所説的事情相反的內容，才會毫不猶豫的選擇 1。

10

(1)

(55) 4 **自己的話可以影響別人的人生。**

題目中譯 作者立定為目標的事情是什麼？

(2)

(56) 4 **筷子擺放在桌子上。**

題目中譯 關於這家餐廳，以下何者是正確的？

言語知識（文字・語彙・文法）● 読解

(3)

⑤⑦ **3 週末時，東京所有地區都會下雨。**

[題目中譯] 以下敘述中，何者是錯誤的？

(4)

⑤⑧ **2 因為音樂就是生命。**

[題目中譯] 作者為什麼說沒有人不喜歡音樂？

(5)

⑤⑨ **3 對於平安生活一事沒有感到幸福的狀態。**

[題目中譯] 發言者所說的①生存本能鈍化的狀態是指什麼？

難題原因

⑤⑦：

- 必須一一確認文章中的答題線索，並刪除錯誤選項。
- 選項 1、2、4 都符合文章內容，但文章中提到「ところによっては雨が降る」，所以選項 3 是錯誤的。

⑤⑧：

- 閱讀後除了要能理解，還必須稍微運用思考力發揮聯想，才有辦法選出正確答案。
- 答題關鍵在於「魂が共鳴する」這句話，從這句話可以推斷作者認為「音楽は命そのものだ」。

11

(1)

⑥⓪ **3 因為行動和思考的方式變成一種固定的模式。**

[題目中譯] ①生活失去新鮮感，變成以惰性過日子，其中最大的原因是什麼？

---

⑥① **1 在旅行時嘗試的新事物。**

[題目中譯] 所謂的②「在旅遊地邂逅的種種事情」，指的是什麼？

⑥② **4 改變心情，回歸日常生活。**

[題目中譯] 作者所說的旅行的最大收穫是什麼？

(2)

⑥③ **4 不想再墮落變回以前的自己。**

[題目中譯] 回答①「絕對不要」是出於哪種心情？

⑥④ **1 改變心態的啟示。**

[題目中譯] 文中提到②覺得好像得到什麼啟示，作者得到的啟示是什麼？

⑥⑤ **3 只要改變外表，內在也會跟著產生變化。**

[題目中譯] 從本文中可以得到的結論是什麼？

(3)

⑥⑥ **4 因為無法儲存營養。**

[題目中譯] 為什麼①雜食性的老鼠也一直在進食？

⑥⑦ **3 因為天敵很多。**

[題目中譯] 睡眠時間短的動物是因為什麼原因造成的？

⑥⑧ **2 因為個人的職業和對生活的需求不同。**

[題目中譯] 針對人類的飲食次數和睡眠時間，（個人）差異很大的原因，作者有什麼看法？

難題原因

⑥②：

- 閱讀文章後必須有能力歸納出作者想表達的重點。
- 要能理解作者的主張是「透過旅行重新充電回到日常生活後，對於一成不變的生活也會覺得新鮮。」

---

⑥⑷ ：
- 必須完全理解整篇文章的意思，才可能正確作答。
- 要能理解作者的主張是「人一旦改變外貌，連內在也會跟著改變」，這也是作者對於「如何改變內在」所獲得的啟發。

⑥⑸ ：
- 屬於閱讀全文後，是否有能力歸納、並正確掌握作者想表達的重點的考題，閱讀力和理解力都要好，才有可能答對。
- 作者的主張上題已說明。

12 ⑥⑼ 3 **有遭到陌生人襲擊的危險性。**
　　[題目中譯] 如果歸納B的意見，以下何者符合？

⑺⓪ 4 **不能光看數字就覺得放心。**
　　[題目中譯] 閱讀AB兩篇文章之後，可以斷言的事情是什麼？

難題原因

⑺⓪ ：
- 很難從文章中直接找到可以判斷正確答案的內容。
- 必須借助「刪去法」（先刪除錯誤選項）作答，選項1、2、3都沒有完全符合AB的論述。

13 ⑺① 1 **因為要成為明星需要通過業界人士的審查。**
　　[題目中譯] 文章提到，①進入通往明星之路的窄門的入場券，成為明星的入口為何如此狹窄？

⑺② 4 **因為即使沒有經過審查，也有可以出道的途徑。**
　　[題目中譯] 為什麼②必須對濫用權威，充滿偏見的審查人員卑躬屈膝之類的情形會完全不見？

⑺③ 2 **因為和一般人之間的差距會縮小。**
　　[題目中譯] 為什麼作者說今後的明星會變得很平凡？

難題原因

⑺③ ：
- 要能理解「等身大」這種比喻所要傳達的意思是什麼。
- 「等身大」是指和一般人的身高大小一樣，延伸為和一般人一樣普通平凡的意思，也就是「神々しい」（神聖的）的反義。

14 ⑺⑷ 3 **凌晨1點到2點之間，電台會播報兩次新聞。**
　　[題目中譯] 關於廣播內容，以下何者是正確的？

⑺⑸ 1 **凌晨2點到4點之間，電台會播放西洋音樂特集。**
　　[題目中譯] 關於廣播內容，以下何者是錯誤的？

聴解

1

解析
- 遺失物センターター（失物招領中心）
- 届け（申請書）
- もうこんな時間ですが（已經這麼晚了）
- あと２０分（再20分鐘）

1 番──2

女の人と駅員が話しています。女の人は、まず何をしますか。

女 あのう、さっき常磐線の電車の中に、バッグを忘れてしまったんですが。

男 では、この用紙に記入して、遺失物センターに持って行ってください。それと、当社に出す届けと警察に出す届けは別なので、警察のほうにも届けを出しておいたほうがいいですよ。鉄道警察は、このビルの２階にあります。

女 もうこんな時間ですが、遺失物センターも鉄道警察もまだ開いていますか。

男 鉄道警察は２４時間開いていますが、遺失物センターはあと２０分で閉まります。

女 わかりました。ありがとうございます。

男 これは当社の用紙ですので、ご注意ください。

女 わかりました。

女の人は、まず何をしますか。

2 番──4

二人の学生が話しています。二人は今から何をしますか。

女 午後の会社訪問に使う履歴書、ちゃんと持ってきた？

男 あ、しまった。机の上に忘れてきた。

女 どうするのよ。

男 e-mailのメールボックスに同じファイルが入ってるけど、どこかプリントできるところないかなあ。

女 駅前にネットカフェがあるわ。そこでプリントしたら。

男 そこだったら、学校の近くのネットカフェの方が安いよ。

女 でも、あそこはいつも混んでて、すぐにプリントできるかどうかわからないわ。

男 でも、駅前は車置けるとこないんだよね。バスで行こうかな。

女 バスで行ってたら間に合わないわ。車な

ら、私が中に残ってみててあげるから。

男 じゃ、頼むよ。

二人は今から何をしますか。

解析
- メールボックス（信箱）
- プリント（列印）
- ネットカフェ（網咖）
- いつも混んでて（總是很多人）
- 残ってみててあげる（留下來幫…看著）

3 番—2

女の学生が、教授の助手と話しています。
女の学生は、どうすることにしましたか。

女 武本先生、今研究室にいらっしゃいますか。

男 先生は、今ちょっと出かけておられます。

女 何時ごろ戻ってこられるかわかりますか。

男 ちょっとそこまでは…でも、先生は夕方に講義があるはずですので、戻られると思いますよ。

女 でしたら、このレポートを先生に渡していただけませんか。

男 私が渡してもいいんですが、そこに先生のポストがあるので、そちらに入れたほうがいいかと思います。

女 でも、このレポート、今日には必ず提出しないといけないんです。先生が今日に限ってチェックされないかもしれないので。

男 でしたら、私がお預かりいたします。

女 ありがとうございます。

女の学生は、どうすることにしましたか。

解析
- 講義がある（要講課）
- 今日に限って（剛好只有今天…）
- 私がお預かりいたします（我先暫時收著）

4 番—3

二人の大学生が話しています。女の人は、どうすることにしましたか。

女 就職活動しててね、今のところ2つ内定もらってるの。

男 どんな仕事？

女 ホテルの受付と会社の事務員。

男 うん。洋子ちゃんは優しいから、接客業のほうが向いてると思うよ。

女 一つは事務機の会社なの。うちから遠いけど、給料はまあまあ。もう一つはパシフィックホテル、うちの近くだけど、給料

聴解

はそんなに多くない。

男 だったら、給料で決めるか、場所で決めるかだね。

女 私も接客業のほうが向いてると思うんだけど、貧乏だから稼げる方がいいわ。

男 だったら、もう決まりじゃない。

女 そうね。

女の人は、どうすることにしましたか。

【解析】

● 内定もらってる（工作已經有得到内定）

● 接客業（客服行業）

● まあまあ（還不錯）

● 稼げる（可以存錢）

5 番—2

上司と部下が話しています。部下は、どのような順番で、どの人に会いますか。

女 今日の子会社視察のことで、説明があるんですが。

男 ええ。

女 まず、会社についたら、守衛室で入場許可証を受け取ってください。黒い制服を着て胸にバッチを付けた警備員に言ったらくれますよ。

男 それを受け取ったら、どこに行くんですか。

女 まずは、課長に会ってください。課長は、今日は作業服を着て、ヘルメットをかぶっているはずです。課長と一緒に作業場を見て回ってください。

男 それだけでいいんですか。

女 あ、忘れてました。課長に会う前に、工場長にあいさつしてください。工場長は、スーツを着て、めがねをかけています。それから課長に会ってください。

男 わかりました。

部下は、どのような順番で、どの人に会いますか。

【解析】

● 受け取ってください（請領取）

● バッチ（徽章）

● ヘルメット（安全帽）

【難題原因】

● 答題的關鍵線索分散在全部的文章之中，要仔細聆聽各個細節並一一記錄下來。

● 由於此題是有圖題，所以聆聽時一定要特別注意上司提到的見面對象的穿著特徵。

● 見面順序依序是：
警衛（穿著黑色制服、胸口有別徽章）
廠長（穿著西裝、戴眼鏡）
課長（穿著工作服、戴安全帽）

2

1 番──3

男の人が、店員と話しています。男の人は車を選ぶとき、何を最も重視しますか。

女 このミニスターはどうですか。

男 小さいので、事故したときが不安ですね。私は安全設計最重視なんです。

女 じゃ、このアリスはどうですか。

男 悪くないんですが、デザインが現代的過ぎます。私はクラシックカーのようなのが好きなので。安全の次に重視するのがデザインなんです。

女 それでしたら、ポニーですよ。とてもクラシックな感じのデザインで、若い人に人気です。それに、とても安全に配慮した設計になっています。

男 でも、これ馬力ないですね。上り坂でスピードが出ないでしょうね。

女 そうですね。馬力があまりありませんから。でしたら、このオデオンはどうでしょうか。いま一番売れてます。デザイン、安全設計ともにばっちりですし、馬力もあり

ます。

男 すごく高いですね。予算オーバーです。私が安全よりも重視するのが値段です。馬力なくてもいいのでさっきのにします。

男の人は車を選ぶとき、何を最も重視しますか。

解析
● 現代的過ぎます（太過現代感）
● クラシックカー（古董車）
● 安全に配慮した（考慮安全性）
● ばっちり（優秀）
● 予算オーバー（超過預算）

難題原因
● 必須完整聽完、並聽懂全文才能判斷男性最重視的因素是什麼。如果只聽到一半或只聽懂部分內容就容易被誤導。
● 男性最後提到的「安全よりも重視するのが値段です」是答題關鍵。

2 番──2

女の人と店員が話しています。女の人は、何を怒っていますか。

女 この車、買ったばかりなのにドアが閉まりにくいんですよ。修理は無料ですよね。

聴解

男　いや、それはできないんですよ。中古車^{ちゅうこしゃ}ですから、少^{すこ}しくらいのガタがあるのは、当^あたり前^{まえ}ですから。

女　そうですか。これ、閉^しめるたびにギシギシ言^いうし、走^{はし}っているとガタガタ言^いうし、開^あけるのに力^{ちから}がいるし。使いにくいんですよ。

男　修理^{しゅうり}は有料^{ゆうりょう}になります。

女　中古車^{ちゅうこしゃ}だからガタがあるのは仕方^{しかた}ないし、無料^{むりょう}で修理^{しゅうり}できないのも仕方^{しかた}がないと思^{おも}いますが、どこに問題^{もんだい}があるかしっかり説明^{せつめい}してくれなかったことに怒^{おこ}っているんです。

男　あのとき、問題^{もんだい}がないかよく見^みてくださいと言^いったじゃないですか。

女　その場^ばで見^みて、すぐに気^きが付^つかないことだってあるじゃないですか。

女^{おんな}の人^{ひと}は、何^{なに}を怒^{おこ}っていますか。

解析

- ドアが閉まりにくいんですよ（車門不好關）
- ガタがある（有小毛病）
- ギシギシ言う（發出嘰希嘰希的聲音）
- ガタガタ言う（發出嘎搭嘎搭的聲音）
- 開けるのに力がいる（開門需要用力）
- すぐに気が付かない（沒有馬上注意到）

難題原因

- 必須非常仔細聆聽細節，才能知道女性發怒的主因是什麼。
- 女性最後提到的「中古車だから～しっかり説明してくれなかったことに怒っているんです」是答題關鍵。

3番^{ばん}—4

二人^{ふたり}の会社員^{かいしゃいん}が話^{はな}しています。男^{おとこ}の人^{ひと}は、なぜ会社^{かいしゃ}をやめたいですか。

女　やっぱり会社^{かいしゃ}やめるの？

男　うん。

女　この前^{まえ}、人間関係^{にんげんかんけい}の悩^{なや}みは解決^{かいけつ}したって言^いってたじゃないの。

男　その問題^{もんだい}は解決^{かいけつ}したけど、もっと大事^{だいじ}な問題^{もんだい}があるんだよ。

女　何^{なに}？

男　この会社^{かいしゃ}にいても、俺^{おれ}は出世^{しゅっせ}できないと思^{おも}うんだ。俺^{おれ}はもっと自分^{じぶん}に向^むいてる業種^{ぎょうしゅ}に転職^{てんしょく}したほうがいいと思^{おも}う。向^むいてないことやっても、出世^{しゅっせ}はできないよ。

女　じゃ、どんな仕事^{しごと}が向^むいてると思^{おも}う？

男　もっとお客^{きゃく}さんと話^{はな}す仕事^{しごと}のほうがいいと思^{おも}う。

男の人は、なぜ会社をやめたいですか。

解析
● 人間関係（人際關係）
● 出世できない（無法出人頭地）
● 自分に向いてる業種（適合自己的行業）

4番─4

店員とお客が話しています。お客は、何センチの靴を買いましたか。

男 この靴の２５センチのと２５.５センチのはありますか。

女 こちらが２５.５センチと２５センチになります。どうですか。

男 どちらも全然合いません。２６.５センチのと２６センチのを穿いてみたいんですが。

女 こちらが２６.５センチと２６センチになります。どうですか。

男 ２６.５センチだと、横幅はちょうどいいんですが、長すぎて前に空間ができてしまいますね。でも、２６センチだと長さはちょうどよくて前に空間はできませんが、横幅が狭くてきついです。どっちがいいんでしょうか。

女 前に空間ができるのはかまいません。でも、横幅が合うものを選ばないと、足が痛くて歩けませんよ。

男 わかりました。じゃ、こっちにします。

お客は、何センチの靴を買いましたか。

解析
● 横幅（寬度）
● 長すぎて前に空間ができてしまいますね（鞋子太大前面有空隙）
● 横幅が狭くてきついです（鞋寬太窄很緊）

5番─1

男の人と女の人が、どこに遊びに行くか話し合っています。二人は、どうしてそのテーマパークに行くことに決めましたか。

女 どのテーマパーク行く？
男 東京遊園地にしよう。

女 あそこは高いよ。

男 じゃ、横浜ハイランドにしよう。

女 でも、あそこはアトラクションがつまらないよ。

男 あ、東京遊園地は学生割引があるはずだよ。

女 じゃ、もう決まりだね。値段、アトラクションともに言うことなし。

男 東京遊園地は交通の便が悪いけど、まあそれは仕方ない。

聴解

二人は、どうしてそのテーマパークに行くことに決めましたか。

解析
- テーマパーク（主題公園）
- アトラクション（遊樂設施）
- 値段、アトラクションともに言うことなし（價格和遊樂設施兩方面都沒話說）
- 交通の便が悪い（交通不方便）

6 番—2

二人の会社員が、電話で話しています。二人はなぜ今日会いませんか。

女 今日どうする？結局残業あるの？

男 残業はなくなった。明日になった。

女 じゃ、渋谷駅の前で会おうよ。

男 いや、ちょっと。

女 ちょっと何よ。本当は私に会いたくないんでしょう。

男 残業はないんだけど、明日までに作らないといけない書類があるんだ。

女 じゃ、今日は仕方ないね。

男 そうだね。あさってにしようよ。

二人はなぜ今日会いませんか。

解析
- 結局（最後）
- 明日までに作らないといけない書類（明天之前必須做好的資料）

3

1 番—2

料理研究家が料理の文化の話をしています。

男 日本には、洋食というものがあります。これは、西洋の食べ物という意味でしょうか。この言葉の意味は、確かにそういう意味ですが、実はそうでもないようです。洋食と呼ばれる料理の多くが、日本にしかない料理なんです。たとえば、スパゲッティ・ナポリタンという料理がありますが、イタリアにはこんな料理はありません。イタリアの料理を参考に考え出された料理なんです。また、オムライスというものも、その類のものなんです。

この人は、何料理について話していますか。

1 西洋の食べ物

2 日本人が考え出した料理

3 イタリアの料理

4 日本人がよく食べる西洋の料理

解析

● 洋食と呼ばれる料理（被稱為洋食的料理）
● 日本にしかない料理なんです（只有日本才有的料理）
● スパゲッティ・ナポリタン（拿坡里義大利麵）
● オムライス（蛋包飯）

難題原因

● 雖然一開始就點出主題是「洋食」，但是必須聽完全文才能真的知道所謂的「洋食」指的是什麼。也就是題目所問的「這個人在討論哪一種料理？」
● 文章中段提到的「洋食と呼ばれる料理の多くが、日本にしかない料理なんです」是答題關鍵。

2 番—3

二人の会社員が、選挙について話しています。

女 今度の都知事選、誰が当選すると思う？現職がまた当選するかな？

男 難しいなあ。現職の渡部候補は、なかなかいい都知事だとは思うけど、頑固すぎるので人気がいまいちだよね。

女 じゃあ、元福岡県知事の山中候補は？

男 現職の渡部候補よりも有望だよね。説得力があって、けっこう票を獲得するんじゃないかな。

女 育英グループ会長の織田候補は？

男 説得力もそこそこだから、山中と渡部の中間ぐらいの票を取るんじゃないかな。

この男の人は、選挙の結果をどのように予想していますか。

1 渡部候補、山中候補、織田候補の順になる。

2 山中候補、渡部候補、織田候補の順になる。

3 山中候補、織田候補、渡部候補の順になる。

4 織田候補、山中候補、渡部候補の順になる。

解析

● 都知事選（東京都知事選舉）
● 頑固すぎる（太固執）
● いまいち（還要再努力一點）
● 有望（有希望）
● 説得力もそこそこ（說服力也算有一定程度）

難題原因

● 必須完全理解全文才能正確作答。
● 男性對於三位候選人的看法如下：
渡部候選人：太過固執，人氣還要再加把勁。
山中候選人：比現任的渡部候選人有希望，而且具說服力，應該可以獲得不少選票。
織田候選人：有一定程度的說服力，票數可能在山中候選人和渡部候選人之間。
所以預測選舉結果依序為山中、織田、渡部。

聴解

3番—2

女の子とそのお父さんが、ペットショップで話しています。

女 なあに、あの魚。長いひげが生えてるよ。変な魚。

男 あの魚は、おじさんという名前なんだよ。

女 そういえば、近所のおじさんみたいな顔してるね。よく見ると、かわいい顔してるね。

男 あのひげには、味を感じる器官があって、うまい食べ物かどうか、知ることができるんだよ。

女 へえ、おじさんはすごいんだね。

男 また、おじさんは、場所によって体の色を変えることができるんだよ。

女 おじさんは、おしゃれなんだね。飼ってみたいなあ。

男 でも、世話が面倒なんだって。

女 じゃ、やめた方がいいね。

女の子は、この魚についてどう思っていますか。

1 変な魚だから飼いたくない。

2 かわいくておしゃれな魚だ。

3 食欲のすごい魚だ。

4 近所のおじさんみたいにおしゃれな魚だ。

解析

● かわいい顔してるね（長著很可愛的臉耶）
● 味を感じる器官（感受味道的器官）
● 場所によって体の色を変えることができるんだよ（根據所在位置的不同，可以改變身體的顔色喔）
● 世話が面倒なんだって（聽説不好照顧）

4番—1

ラジオで女の人が、靴の乾かし方について話しています。

女 梅雨の季節、ジメジメしていやですね。雨に濡れたものは、そのまましまってはいけません。特に靴は、すぐにカビが生えてしまいます。中に丸めた新聞紙を入れて、一晩置きましょう。レンガの上に置くと、もっとよく乾きます。レンガには、吸湿効果があります。レンガは1つ100円らいなので、2つぐらい用意しておくと、雨が降ったときに便利です。レンガは、使った後は直射日光のあたるところに干して乾かしましょう。

女の人は、靴はどのように乾かせばいいと言っていますか。

1 レンガの上に置く

2 丸めた新聞紙の中に入れる

3 直射日光のあたるところに干す

4 レンガを入れておく

解析

● ジメジメ（潮濕）
● カビが生えてしまいます（發霉）
● 丸めた新聞紙（捲起來的報紙）
● レンガ（磚塊）
● もっとよく乾きます（更快乾）
● 吸湿効果（吸收濕氣的效果）
● 直射日光のあたるところ（太陽直接照射的地方）

5 番—3

二人の学生が、血液型と蚊の関係について話しています。

男 よく蚊にさされるよ。ああ、痒い。

女 あんた、一番好かれるタイプだからね。

男 なにそれ。

女 ある研究によると、蚊が寄ってきにくいのは、B型の人なんだって。で、O、AB型、A型とくるらしい。それでね、体温の高い人は特に蚊を寄せ付けるんだって。

男 俺もあてはまってるなあ。

女 長袖の服を着て、なるべく肌を出さないようにするしかないわね。

男 そうだね。

この男の人はどんなタイプですか。

1 O型で体温が低いタイプ

2 B型で体温が高いタイプ

3 A型で体温が高いタイプ

4 AB型で体温が低いタイプ

解析

● 蚊にさされる（被蚊子叮）
● 一番好かれるタイプ（最受喜愛的類型）
● 蚊が寄ってきにくい（蚊子不易靠近）
● 寄せ付ける（使…靠近）
● あてはまってる（吻合、適用）
● なるべく肌を出さないようにするしかない（只能盡量不要露出皮膚）
● 女性提出B型最不容易吸引蚊子靠近，然後依序是O型、AB型、A型的人，而且體溫高的人特別會讓蚊子靠近。
● 由於女性一開始就提出男性是蚊子最喜歡的類型，而且男性也覺得自己吻合女性提出的論點，所以可以推測男性是體溫高、A型。

4

1 番—2

女 このプロジェクトはここで終わりにしましょうなんて、本気で言ってるんですか。

男1 やっぱり終わりにしたほうがいいですか。

聴解

2 こんなプロジェクトは、時間のむだです
から。

3 ええ、とても意味のあるプロジェクトで
すから。

中譯

女 這個計畫就在這裡結束這種話，你是認真說的
嗎？

男 1 果然還是結束比較好嗎？
2 因為這樣的計畫根本是在浪費時間。
3 嗯，因為這是非常有意義的計畫。

解析

● 本気（當真、認真）
● 時間のむだ（浪費時間）

2 番—2

男 まだその仕事終わってないの？いったい何
してるの。

女 1 終わってないよ。今休んでるの。
2 ごめん。けっこう時間かかっちゃって。
3 仕事してるの。まだ終わってないよ。

中譯

男 那個工作還沒有結束嗎？你到底在做什麼？
女 1 沒有結束喔，現在正在休息。
2 對不起，花了這麼多的時間。
3 我正在工作。還沒有結束喔。

3 番—3

女 せっかく上司がおごってくれるって言う
んだからさあ…

男 1 そうだね。遠慮するのが礼儀だよね。
2 そうだね。怒ってもらうのもいいかも
ね。
3 そうだね。おごりを受けるのも礼儀かも
ね。

中譯

女 既然上司難得説要請客…
男 1 是啊，客氣是一種禮貌對吧？
2 是啊，惹他生氣也許也不會怎樣吧。
3 是啊，接受招待也許也是一種禮貌對吧？

解析

● …がおごってくれる（…要請我吃飯）
● おごるを受ける（接受招待）

難題原因

● 屬於很自然的日語對話，必須聯想到發話者後面省略
的部分是什麼，才能做出正確的回應。

4 番—3

男 今日は、このくらいにしておこうよ。

女 1 そうだね。このくらいの大きさのパンを
買うよ。
2 わかった。今日は、この辺に泊まるよ。

3 わかった。じゃ、今日は終わり。

中譯

男 今天就做到這個地步（這樣的進度）吧。

女 1 對啊。要買這樣大小的麵包。

2 我知道了。今天就住在這裡吧。

3 我知道了。那麼，今天就到此結束。

難題原因

● 必須知道發話者所説的「このくらい」表示「這個地步、這樣的進度」的意思，才能做出正確的回應。

5 番—3

男 いまだにラッパズボン穿いてるの？

女 1 お風呂入るから、そろそろ脱ぐよ。

2 まだまだ破れないと思うよ。

3 え、そんなに遅れてるの？

中譯

男 你現在還在穿喇叭褲啊？

女 1 要洗澡了，也該脱下來囉。

2 我覺得還不會破。

3 啊，有那麼落伍嗎？

解析

● ラッパズボン（喇叭褲）

6 番—3

女 彼女のどこが好きなんですか？

男 1 そうです。全然好きじゃないんです。

2 あんな人、どこがいいんですかね。

3 とてもやさしくて思いやりがあるところです。

中譯

女 你喜歡她的什麼地方？

男 1 是的。我完全不喜歡。

2 那種人有哪裡好啊？

3 我喜歡她非常溫柔，而且體貼這些特質。

解析

● 思いやりがある（體貼）

7 番—1

男 誰がこんなところに連れてきてなんて言ったの？

女 1 そんなに怒らないで。

2 誰が言ったのか、覚えてないなあ。

3 あなたが言ったよ。

中譯

男 是誰説要帶我來這種地方的？

女 1 不要那麼生氣啦。

2 是誰説的呢，我不記得了。

3 是你説的喔。

難題原因

● 必須知道發話者要表達的真正意涵是什麼，才能做出正確的回應。

● 「誰が～なんて言ったの？」並不是真的要詢問對方到底是誰説的，而是在責怪對方為什麼要這樣做。

聴解

8 番—2

女 今日仕事で遅くなるから、先にご飯食べといて。

男 1 うん。じゃ、先に作って待ってるから。
　 2 わかった。じゃ、君のは置いとくね。
　 3 じゃ、何時ごろに食べようか。

中譯

女 今天因為工作會晚一點，你先吃飯吧。
男 1 嗯，那我就先做好等你。
　 2 我知道了。那你的飯菜我會放著喔。
　 3 那麼，大約幾點要吃呢？

9 番—3

女 お客さん。困りますよ、そんなところに入っては。

男 1 入らないと困るんですか。知りませんでした。
　 2 すぐ入ります。すみません。
　 3 すみません。知らなかったんです。

中譯

女 這位客人，您闖進那種地方會造成我們的困擾。
男 1 不進去的話會造成困擾嗎？我不知道耶。
　 2 我馬上進去。對不起。
　 3 對不起。我不知道。

10 番—1

男 ねえねえ。

女 1 なあに？
　 2 ノーノー。
　 3 どうかなあ？

中譯

男 喂喂。
女 1 幹嘛？
　 2 不、不。
　 3 你覺得怎麼樣呢？

解析

● ねえねえ（呼叫對方的意思）

11 番—3

男 上司へのメールにこんなこと書いたらまずいでしょう。

女 1 そうだよね。なかなかよく書けてると思うわ。
　 2 これで完璧ね。
　 3 じゃ、書き直すわ。

中譯

男 寫這樣的電子郵件給上司不恰當吧？
女 1 沒錯，我覺得寫得相當好呢。
　 2 這樣就很完美了。
　 3 那我重寫吧。

解析

● こんなこと書いたらまずいでしょう（寫這種東西的話不

恰當吧？）

や。

だれ
誰がいつから旅行に行きますか。

1 悦治君と奈々子ちゃんが明日から

2 哲雄君と奈々子ちゃんがあさってから

3 悦治君と奈々子ちゃんがあさってから

4 哲雄君と奈々子ちゃんが明日から

解析

● 仕上げ（加工、潤飾）
● 一頑張り（再努力一點）
● 急いで書いてるところ（正在趕著寫）
● 初日（第一天）
● 彼女いるやつがうらやましい（真羨慕有女朋友的傢伙）
● 明天是交報告的期限，交出報告的隔天開始放暑假，女性提到暑假的第一天要去旅行，所以旅行是在後天。

5

【1番、2番】

1番—3

きょうしつ さんにん がくせい はな
教室で三人の学生が話しています。

男1 悦治、お疲れ様。二人で残って勉強？

男2 あ、哲雄。うん。明日はレポート提出の日だから、今日は最後の仕上げ。

男1 政治経済のレポート、大変だよね。金田先生、ほんとに面倒な宿題出すよね。

男2 この宿題に一週間かかったよ。

男1 でも、このレポート出せば次の日はもう夏休みだね。最後の一頑張りだよ。

女 そうよ。夏休みの初日から私と一緒に旅行行くことになってるから、急いで書いてるところよ。

男1 いいなあ。奈々子ちゃんと一緒に旅行か。彼女いるやつがうらやましい…

男2 今日頑張れば終わりだから、頑張らなき

2番—2

こうじょう さんにん さぎょういん はな
工場で三人の作業員が話しています。

男1 皆さん、こちらが今日から新しく入った友永さんです。

男2 よろしくお願いします。

女 よろしく。

男1 わからないことは、遠慮なく何でも聞いてください。誰か、友永さんにいろいろ教えてあげてくれないかな。

女 じゃ、私が友永さんの教育係になります。まずは何からにしようか。

25

聴解

男2 じゃ、まずは箱の積み方から教えてもらえませんか。

男1 それは適当でいいよ。

男2 じゃ、機械の使い方教えてもらえませんか。

男1 後はよろしくね。

今日は、誰が誰に何を教えますか。

1　男の人が友永さんに機械の使い方を教える。

2　女の人が友永さんに機械の使い方を教える。

3　女の人が友永さんに箱の積み方を教える。

4　男の人が女の人に教育の方法を教える。

解析

● 遠慮なく（不用客氣）
● 教育係（負責教育的人）
● 箱の積み方（裝箱的方法）
● それは適当でいいよ（那個隨便做就可以了）
● 後はよろしくね（剩下的就拜託你了）

【3番】

3番——2、2

テレビで服の洗い方について話しています。

男　服を長持ちさせたければ、服によって洗剤を使い分けるのがいいでしょう。普通の粉末洗剤は、汚れを落とす作用は強力ですが、酵素や漂白剤が入っていて、大事な服を傷めてしまうこともあります。白い服を洗うとき以外は、あまり使わないほうがいいでしょう。おしゃれ着用の洗剤は、服の色と形を守りながら洗うことができます。柔らかな素材の冬服は、柔軟剤入りの洗剤を使うのがいいでしょう。ふっくら柔らかに仕上げることができます。特に傷みやすいウールなどの素材は、中性洗剤で洗うことにより、傷むのを防ぐことができます。

女1　もう春だから、そろそろ冬服の洗濯しなくちゃね。

女2　このピンクのパーカー洗える洗剤ある？色が鮮やかだから、色落ちが心配で。それと、このウールのセーターも洗ってね。こ

　の白いシャツも洗ってほしいんだけど、
汚れがひどいから、強力なタイプの洗
剤じゃないとだめよ。

女1 じゃ、洗剤買ってこないとね。普通の粉
末洗剤と中性洗剤しかないから。

女2 わかった。私が行ってくる。

質問1 ピンクのパーカーは、どのタイプの洗
剤で洗うのがいいですか。

質問2 どのタイプの洗剤を買わなければなり
ませんか。

解析

- 服を長持ちさせたければ（想要讓衣服穿久一點的話）
- 使い分ける（分別使用）
- 粉末洗剤（洗衣粉）
- 汚れを落とす（去除污垢）
- おしゃれ着用の洗剤（高級衣物的洗衣精）
- 服の色と形を守りながら洗うことができます（有清洗的功能，同時能維持衣服的顏色和形狀）
- ふっくら（軟綿綿）
- パーカー（大衣）
- 色が鮮やか（顏色鮮艷）
- 色落ち（褪色）

難題原因

- 聽完電視上的介紹後，必須自己歸納出哪些衣服適合用哪一種洗衣粉，才能正確作答。
- 問題1有兩個答題線索：
  (1)「このピンクのパ〜落ちが心配で。」和「おしゃれ着用の〜とができます。」從這兩句話可以推斷必須使用「おしゃれ着用の洗剤」。

言語知識（文字・語彙・文法）• 読解

1

① 3 拝む──おがむ

② 2 補う──おぎなう

③ 1 揉めた──もめた

④ 4 承り──うけたまわり

⑤ 1 怠る──おこたる

> **難題原因**
>
> ③：屬於高級日語的字彙，可能很多人不知道如何發音，但這是一定要會的字。
>
> ④：屬於高級日語的字彙，常見於商業日語。

2

⑥ 1 こどもが誤って飲み込んだりしないように注意してください。
請注意不要讓孩子誤吞下去。

⑦ 2 居間でテレビを見ています。
正在起居室看電視。

⑧ 2 彼らと優勝を競って戦う。
和他們競爭比賽第一名。

⑨ 3 意地悪をしないでください。
請不要為難別人。

⑩ 4 一応確認をしておきます。
保險起見先事先確認。

> **難題原因**
>
> ⑥：
> ● 選項1、2、3（誤って、過って、謝って）的發音都是「あやまって」，容易搞混。
> ● 屬於高級日語的字彙，可能很多人不知道漢字的寫法，但這是一定要會的字。
>
> ⑧：
> ● 選項1「争う」（あらそう）也有「爭奪、競爭」的意思，是干擾作答的陷阱。

3

⑪ 3
1 健康点：（無此字）
2 健康線：手相的健康線
3 健康面：健康方面
4 健康体：身體健全

⑫ 2
1 快進攻：（無此字）
2 快進撃：順利攻擊
3 快進築：（無此字）
4 快進入：（無此字）

⑬ 2
1 非名誉：（無此字）
2 不名誉：丟臉
3 違名誉：（無此字）
4 反名誉：（無此字）

⑭ 4
1 超本人：（無此字）
2 長本人：（無此字）
3 釣本人：（無此字）
4 張本人：罪魁禍首

⑮ 2
1 容疑人：（無此字）
2 容疑者：嫌疑犯
3 容疑生：（無此字）
4 容疑漢：（無此字）

3　自誇
4　使命

㉑　4　1　職業
　　　　2　方法
　　　　3　志向
　　　　4　情況、理由

㉒　1　1　暴力をふるう：施行暴力行為
　　　　2　請客
　　　　3　賜予
　　　　4　給予

難題原因

說明：

● 請參考：第 1 回解析，此題型「難題原因」的「說明」（P5）。

⑰：屬於「擬聲擬態語」的考題。可能很多人不知道「ごてごて」的意思。

⑳：選項 1 的「気転」（きてん），如果沒有學過，很難從漢字判斷出意義。

難題原因

說明：

● 請參考：第 1 回解析，此題型「難題原因」的「說明」（P4）。

⑬：

●「不名誉」是一個字彙，是日語中非常普遍用法。

● 選項 1 是陷阱，雖然具備「不是、沒有」的意思，但接續「名誉」後沒有任何含意。

⑮：

●「容疑者」是一個字彙，是日語中非常普遍用法。

● 選項 1 是陷阱，雖然具備「…的人」的意思，但是和「容疑」接續時，沒有任何含意。

4　⑯　3　1　おめおめ：不知羞恥
　　　　　2　のこのこ：毫不介意周圍狀況
　　　　　3　こそこそ：偷偷摸摸
　　　　　4　うろうろ：徘徊、轉來轉去

㉑　2　1　あちこち：到處
　　　　2　ごてごて：東西的樣子很複雜
　　　　3　ちまちま：非常不大方的樣子
　　　　4　こそこそ：偷偷摸摸

⑱　3　1　寵壞
　　　　2　得到
　　　　3　支援
　　　　4　尊重

⑲　1　1　請客
　　　　2　…達到極限
　　　　3　揮動
　　　　4　關係到…、涉及…

⑳　1　1　機智
　　　　2　停滯

5　㉓　4　あばれる —— **亂鬧、胡鬧**
　　　　　1　睡覺
　　　　　2　說壞話
　　　　　3　聲音很大聲
　　　　　4　使用暴力

㉔　4　からんでくる —— **找碴**
　　　　1　愛講話
　　　　2　開始哭泣
　　　　3　開始笑
　　　　4　挑毛病、發牢騷

㉕　1　腹黒い —— **陰險**
　　　　1　陰險
　　　　2　聰明

言語知識（文字・語彙・文法）● 読解

3 清白
4 有罪

㉖ 2 ごぶさたしております —— 久
未聯絡
1 初次見面
2 好久不見
3 對不起
4 謝謝

㉗ 4 そそっかしい —— 冒失、輕率
1 無法信任
2 有疑問
3 危險的
4 冒失鬼

難題原因

㉔：
● 日本人口語會話中經常使用的説
法，可能很多人不知道這種用
法，也不知道正確意思。
● 雖然「からんでくる」是「から
む」＋「くる」組成的字彙，但
是如果依賴「からむ」（纏繞）
來解讀的話，容易誤解正確的意
思。

㉕：「腹黒い」屬於日本人的常用
表達，書本未必經常出現，但日本
人普遍使用。

6

㉘ 3 にじむ —— 滲透
血從繃帶裡滲透出來了。

㉙ 3 発覚 —— 被發現、敗露
考試時的作弊行為被發現了。

㉚ 2 勘定 —— 付款、結帳
結帳吃飯的金額。

㉛ 1 趣味 —— 品味

我認為她的服裝品味不佳。

㉜ 4 面識 —— 認識
我不認識他。

難題原因

㉙：可能很多人不知道「発覚」的
正確意思和用法。如果依賴漢字判
斷，更容易誤解「発覚」（はっか
く）的真正意思。

㉛：「趣味がいい」（有品味）和
「趣味が悪い」（沒品味）是日本
人的慣用説法。但可能很多人未必
知道。

7

㉝ 4 洗手間太髒，所以不想去了。
1 行かないなった：（無此用法）
2 行かないでなった：（無此用
法）
3 行きたくないなった：（無此
用法）
4 行きたくなくなった：變得不
想去

㉞ 3 發言自由雖然被法律保障著，但
實際上也不能想說什麼就說什
麼。
1 保障させられているが：雖然被
迫保證
2 保障されていないが：雖然沒有
被保障，但是…
3 保障されてはいるが：雖然被保
障著，但是…
4 保証されてはならないが：雖然
不可以被保障，但是…

㉟ 3 她討厭男人。
1 …を嫌われている：無此用法
（「嫌われる」（被討厭）前
面的助詞應為「に」）

2 …を嫌いだ：無此用法（「嫌いだ」（討厭）前面的助詞應為「が」）

3 …を嫌っている：討厭…

4 …を嫌だ：無此用法（「嫌だ」（害怕的心情），前面的助詞應為「が」）

㊱ 1 **她很誇張，每次一有騷動就會不安，以為是不是有什麼事情發生了。**
1 何かあったのではないか：是不是有什麼事情
2 何もなかったのだろう：應該沒有事情
3 何もない：什麼都沒有
4 何かある：（無此用法）

㊲ 4 **她像一般女人一樣，決定學茶道和花道。**
1 女のそうに：（無此用法）
2 女みたいに：（男人）像女性一樣（前面必須是「彼」才符合句意）
3 女のように：（男人）像女性一樣（前面必須是「彼」才符合句意）
4 女らしく：像女人一樣（「～らしい」是強調「像～原本的特質的一樣」）

㊳ 2 **觀阿彌和世阿彌成就了能。**
1 完成したい：想要完成（只適用於第一人稱）
2 完成させた：讓…完成
3 …が完成された：無此用法（前面必須是「によって」）
4 完成させられた：被迫完成了

㊴ 1 **流行病一下子間就蔓延開來了。**
1 広がった：蔓延
2 広くなった：變寬廣
3 広げられた：被擴展

4 広くした：使寬廣

㊵ 3 **關於環境的問題讓我們深思。**
1 考えさせた：讓別人想
2 考えられた：被認為
3 深く考えさせられた：讓我深思
4 考えられさせた：（無此用法）

㊶ 4 **我的意思不是說要去反抗，而是要用自己的腦袋去思考。**
1 …と言うばかりでなく：不光說…
2 …と言っているのであって：說的是…
3 …と言っているだけで：只是說…
4 …と言っているのではなく：不是說…

㊷ 4 **他老是自以為是地對別人說教，自己卻全然不是那回事。**
1 説教するからには：既然要說教
2 説教したくて：想要說教
3 説教してもなお：即使說教仍然…
4 説教するくせに：說教，卻…

㊸ 4 **A「你在等他嗎？」
B「嗯，他去了之後就沒有回來。」**
1 行ったので：因為去了
2 行って来て：去了再回來
3 行かないで：不要去
4 行ったまま：去了之後一直…

㊹ 2 **因為要做的都做了，所以不會後悔。**
1 やらなかったので：因為沒有做
2 やることはやったので：因為要做的都做了
3 やるからなので：（無此用法）
4 やってみたくないので：因為不想做看看

言語知識（文字・語彙・文法）● 読解

難題原因

㉞：
- 必須知道助詞「が」的前後內容通常是相反的訊息。
- 也必須理解「被動形」和「使役被動形」的差異。

㉟：「嫌いだ」、「嫌う」、「嫌だ」三者容易混淆，必須能夠區分各別意思和用法才能正確作答。

㊷：
- 「…くせに」是固定用法，必須理解正確意思才能作答。
- 「…くせに」前後的內容，通常是相反的訊息。

8

㊺ 1 歌舞伎 3 と言えば 2 日本の 4 伝統芸能の 1 ひとつ ★ で す。

説到歌舞伎，那是日本的傳統藝術的一種。

解析
- 名詞＋と言えば（説到…）
- 日本の伝統芸能（日本的傳統藝術）
- 名詞＋の＋一つです（…的一種）

㊻ 4 すべての 1 思い出が 4 まるで ★ 2 昨日の 3 こと のようだ。

所有的回憶都好像是昨天才發生的事情。

解析
- すべての思い出（所有的回憶）
- まるで＋名詞＋の＋ようだ（好像…一樣）

㊼ 4 ひとつの 2 現象は 1 見方 4 によって ★ 3 色々と ちがって 見える。

相同的現象根據角度的不同，看起來會有各種差異。

解析
- 名詞＋によって（根據…）
- 色々とちがって見える（看起來會有各種差異）

㊽ 1 いつものように 3 ジュースを 1 飲みながら ★ 4 ネットサーフィンを 2 していたら キーボードにこぼしてしまった。

像往常一樣，一邊喝果汁一邊上網，結果果汁灑在鍵盤上了。

解析
- ジュースを飲みながら（一邊喝果汁一邊…）
- ネットサーフィンをしていたら（上網，結果…）

㊾ 3 嗜好品 3 ではあるが ★ 1 健康面を 4 考えると 2 タバコは 吸わないほうがいい。

香煙是一種嗜好品，但是考慮到健康因素的話，還是別抽煙比較好。

解析
- 名詞＋ではあるが（雖然是…）
- 健康面を考えると（考慮健康因素的話）

難題原因

(47)：

- 要知道「名詞＋によって」（根據…）的説法，才可能聯想到「見方によって」。
- 要知道「ちがって見える」（看起來有差異）前面可以接續「色々と」（各種的）。這是不同於中文的語順概念。

(48)：「…たら」的用法很廣泛，在此處並不是表示「…的話」，而是表示「做了…之後，結果…」。屬於高級日語的用法。

9

(50) 3
1 気重：心情沉重
2 気軽：心裡不要有負擔
3 気楽なこと： 不緊張的事情
4 気長：有耐心的

(51) 4
1 …つもりはありません：不打算… / わかっていないと：不懂的話…
2 …人はありません：沒有…的人 / わかってくれたら：可以理解的話…
3 …ことはありません：絕不會有…的事情 / わかってあげても：就算體諒也…
4 わかるはずありません：不可能理解 / わかってしまったら：萬一不小心理解的話

(52) 2
1 人：人 / 事：事情 / 収入：收入
2 立場：立場 / 心境：心境 / 助言：建議
3 場面：場合 / 状況：狀況 / 展開：展開
4 契機：契機 / 動機：動機 / 行動：行動

(53) 1
1 同じように：同樣地
2 そのためには：為了那個
3 …であるから：因為是…
4 それはそれとして：暫且不提

(54) 4
1 …であるからといって：就算因為是…
2 そういうわけだから：因為這種原因
3 かならずしもそうではないが：並不是一定這樣
4 そんなことをするくらいなら：如果要做那樣的事情

難題原因

(50)：選項 2「気軽」和選項 3「気楽」的意思非常接近，要理解兩個詞彙的意思才能正確作答。

(51)：從文法接續來判斷，選項 1、2、3、4 都正確，但是除了選項 4 之外，其他選項的句意都不符合邏輯。

(52)：

- 必須了解整篇文章的重點，才能判斷空格 a、b、c 分別要填入什麼。
- 一個句子連續考三個空格，難度較大，建議從最簡單的一個著手作答。
- 空格 c 後面所接續的是「をもらう」，從文章重點來判斷，可以知道答案是「助言」。

10

(1)

(55) 4 **因為料理當中帶有愛。**

題目中譯 為什麼作者說吃母親所做的料理的孩子不會變壞？

言語知識（文字・語彙・文法）• 読解

(2)

㊏ 2 **以前的地球環境可能和現代不一樣。**

〔題目中譯〕 從本文中可以了解到什麼事？

(3)

㊝ 1 **因為不會被雨淋濕。**

〔題目中譯〕 為什麼作者在家時就可以感受到下雨的風情？

(4)

㊞ 4 **因為明明是公園，卻存在著隱形的規則，讓人覺得不自由。**

〔題目中譯〕 看到日本的公園，作者為什麼會有「複雜」的感覺？

(5)

㊟ 3 **將這個人和其他人區隔看待。**

〔題目中譯〕 知道名字前後所改變的事情是什麼？

> **難題原因**
>
> ㊝：無法直接從文章中找出答案，必須從文章中所提到的「母親手作料理有什麼好處」去發揮聯想，才有辦法選出正確答案。
>
> ㊞：
> ● 無法直接從文章中找出答案，必須從文章全體所要表達的重點去思考答案。
> ● 答題關鍵在於「ベンチに～地位や力によるようです。」和「力のあるお母さん～子供はなかなか乗せてもらえません。」這兩個部分。

11 (1)

㊅ 4 **只要顧客滿意，自己怎麼樣都無所謂。**

〔題目中譯〕 ①純粹只是美談的具體內容是什麼？

㊆ 1 **為了製作出好作品，絕對不妥協。**

〔題目中譯〕 ②所謂的藝術家氣質是指什麼樣的事情？

㊇ 2 **因為想獲得滿足感，所以並不是抱著無欲的心態去做的。**

〔題目中譯〕 作者想說的事情是什麼？

(2)

㊌ 4 **和現在相較之下，環境非常嚴苛的時代。**

〔題目中譯〕 所謂的①那樣的狀況是指什麼樣的心境？

㊍ 3 **就算不景氣，現在的生活還是最舒適的。**

〔題目中譯〕 所謂的②不可撼動的事實是指什麼事？

㊎ 2 **即使不景氣，現在的時代仍然深受其惠。**

〔題目中譯〕 作者的論點是什麼？

(3)

㊏ 4 **因為真正想要學習的人即使學費免費也會認真學習。**

〔題目中譯〕 為什麼說①從一開始就沒有學習的資格？

㊐ 1 **付不起學費的人無法學習。**

〔題目中譯〕 所謂的②減少挖掘應該回歸社會的優秀人材，具體而言是指什麼事？

㊑ 4 **老師和醫生不應該收錢。**

〔題目中譯〕 以下何者和作者想說的論點不同？

難題原因

㉞ :

- 屬於閱讀全文後，是否有能力歸納、並正確掌握作者想表達的重點的考題，閱讀力和理解力都要好，才有可能答對。
- 作者的主張是「即使不景氣，現在的生活還是比 40、50 年前的生活好」。

㉞ :

- 屬於閱讀全文後，是否有能力歸納、並正確掌握作者想表達的重點的考題，閱讀力和理解力都要好，才有可能答對。
- 作者認為「付不起學費而無法學習，是導致原本為社會效勞的優良人才減少的原因」。

---

12 ㉞ 3 **如果是可以被接受的狀況，以個人生活為優先也無妨。**

〔題目中譯〕如果歸納B的意見，以下何者符合？

㉞ 1 **有些狀況是不能以個人生活為優先考量的。**

〔題目中譯〕以下何者是A和B的共同認知？

難題原因

㉞ :

- 題目是問「A 和 B 的共同認知」，所以一定要仔細閱讀兩篇文章，從中整理歸納雙方意見才能作答。
- A 的內容並沒有明確指出不能以個人生活為優先考量，但是主要論點是「必須以工作為優先考量」，例如：「仕事や会社のためには～到底出来ない」這個部分。

- B 的內容則是明確提到「有些狀況是不能以個人生活為優先考量」，例如：「例えば、医者～命に関わることなので当然だと思います。」這個部分。

---

13 ㉞ 3 **自認已經很了解了，而不想仔細觀察，所以覺得無趣。**

〔題目中譯〕所謂的①不是人生無趣，而是你的感性麻痺了，這句話是什麼意思？

㉞ 1 **嘗試擴大好奇心的心態。**

〔題目中譯〕所謂的②那種心境，是指什麼樣的心境？

㉞ 4 **抱持著旅行的心情看待日常生活的種種，就會覺得新鮮又愉快。**

〔題目中譯〕以下何者與作者想說的結論最接近？

難題原因

㉞ :

- 文章長，閱讀全文後必須有能力歸納出作者想表達的重點。
- 答題線索在「こうして旅行を～できるのです。」這個部分，此為作者想要表達的主張，與選項 4 的敘述吻合。

---

14 ㉞ 3 **100日圓**

〔題目中譯〕30名中學啟智班的學生在星期四下午五點入場的話，一個人的費用是多少錢？

㉞ 2 **最多可以借5本。**

〔題目中譯〕用借書證可以借幾本漫畫？

言語知識 (文字・語彙・文法) ● 読解

> **難題原因**
>
> ⑦⑭：
> - 答題關鍵在「割引の併用は適用できません。」和「適用可能な割引が 2 つ以上ある場合は、割引の一番大きいものが適用されます。」這兩個部分。
> - 從文章資訊可以歸納出三種折抵方式：
>   (1) 團體入場折扣：300 日圓變成 240 日圓。
>   (2) 身心障礙者折扣：300 日圓減免 200 日圓，變成 100 日圓。
>   (3) 特別入場時間帶折扣：300 日圓減免 100 日圓，變成 200 日圓。
> - 身心障礙者可以減免 200 日圓是折扣金額最多的，所以入場費用是 100 日圓。

聴解

1

1 番——4

二人の大学生が話しています。期末レポートは何を書いて、いつまでに出しますか。

女 期末レポートは、何について書けばいいのかな。

男 さっきそれについて言ってたじゃない。

女 トイレ行ってて聞いてなかったわ。教えてよ。

男 前回のテスト範囲が、教科書の第一章から第五章までで、今回のテスト範囲が、教科書の第九章から第十二章だよね。で、前回のテスト範囲と今回のテスト範囲の間の部分を読んで、それについてまとめてほしいって言ってたよ。

女 じゃ、簡単ね。で、何日までに出せばいいのかな。

男 テストの3日前までに出してって言ってたよ。テストは２７日だよ。

期末レポートは何を書いて、いつまでに出しますか。

（解析）

- 期末レポート（期末報告）
- 上次考試的範圍是課本的第 1 章到第 5 章；這次考試的範圍是課本的第 9 章到第 12 章。
- 期末報告的範圍則是閱讀歸納兩次考試範圍之間的部分，也就是第 6 章到第 8 章。
- 考試日期是 27 號，報告要在考試的三天前交出，也就是 24 號。

2 番——3

女の人が、郵便局の人と話しています。台湾までは何日かかりそうですか。

女 この荷物を台湾まで送りたいんですが。

男 台湾でしたら、航空便と船便があります。航空便には、小型包装物と国際小包の二種類があります。

女 小型包装物と国際小包は、何が違うんですか。

男 小型包装物のほうが安く送れます。でもかかる日数は同じです。

女 船便、航空便で、それぞれ何日かかりますか。

男 船便で１ヶ月、航空便で６日です。でも、この時期は郵便物が多いので、航空便ならさらに３日ぐらいかかりそうです。

女 小型包装物で送ってください。

聴解

男 小型包装物は重さ2キロまでしか送れないんですよ。これ、オーバーしてますよ。国際小包でよろしいですか。

女 わかりました。

台湾までは何日かかりそうですか。

解析

- 小型包装物（小型包裹）
- 国際小包（國際郵包）
- 小型包裹和國際郵包寄都屬於航空郵件，而且送到台灣的天數也相同，但是小型包裹較便宜。
- 女性原本選擇「小型包裹」，但是小型包裹重量限制為2公斤，所以改寄國際郵包。
- 因為郵局人員提出這個時期郵件很多，所以航空郵件要從6天再增加三個工作天才能送達，變成9天。

3番——4

男の人と女の人が話しています。二人は、どうすることにしましたか。

女 お店にどんな商品を置いたらいいと思う？

男 子供用の商品を置いたら。

女 わざわざ子供のものを見るためだけに大人が来るかな。

男 いやいや。子供のものを見るついでに、親も自分のものを見るだろ。だから親をターゲットにしたものもたくさん置けばいいと思う。

女 なるほど。頭いい。

男 でも、子供を連れてお店に来るのは、おじいちゃんおばあちゃんかもしれないな。

女 そうね、じゃ、それもターゲットにしなくちゃね。

男 そうだね。

二人は、どうすることにしましたか。

解析

- わざわざ（特意）
- …を見るついでに（去看…，順便…）
- 親をターゲットにしたもの（以父母親為目標的東西）
- なるほど（原來如此）
- それもターゲットにしなくちゃ（那個也必須視為目標）

4番——2

夫婦が冷蔵庫の置き場について話しています。二人は、どうすることにしましたか。

女 新しい冷蔵庫どこに置く？

男 前の冷蔵庫があったとこでいいんじゃない？

女 この冷蔵庫、前のより大きいから、上の棚にひっかかるのよ。

男 だったら、台所の隅でどうかな。

女 ここだったら、ドア開けたらドアがあたる

でしょう。壊れるわ。

男 だったら、流し台のそばにする？

女 邪魔だわね。ここはごみ置くところなんだから。

男 だったら、ドアを開けるときは、気をつけて冷蔵庫に当てないようにすればいいんじゃないかな。

女 そうね。

二人は、どうすることにしましたか。

解析

● ひっかかる（卡住）
● 隅（角落）
● あたる（撞到）
● 流し台（流理台）

難題原因

● 女性針對男性提出的建議——反駁，因為兩人沒有共識，所以男性又提出折衷方案，必須聽到最後才能選出正確答案。
● 此題的答題線索是男性最後所説的「ドアを開けると～じゃないかな。」。

5 番——3

上司と部下が話しています。部下は、どういう順番でどんなことをしますか。

男 山田さん。

女 何でしょうか。

男 午後の会議のこと、10時から打ち合わせしよう。時間は空いてるよね。

女 大丈夫ですよ。

男 でもその前に、書類をコピーしておいてね。コピーが終わった書類は、棚にしまっておいて。

女 はい。

男 それと、ちょっと頼みたいんだけど、昼に取引先に電話して、商談のアポイント取っておいてね。

女 はい。わかりました。

部下は、どういう順番でどんなことをしますか。

解析

● 打ち合わせ（事前協商）
● 棚にしまっておいて（收進櫃子裡）
● 取引先（客戶）
● アポイント取っておいてね（要先約定好見面事宜）

難題原因

● 必須仔細聆聽上司要求部下做哪些事情。如果漏掉其中一個細節，順序就會搞混。
● 10 點要進行會議的事前協商，在這段時間之前要影印資料，影印好的資料要放入櫃子裡。中午則要聯絡客戶約定見面事宜。

聴解

2

1 番—2

<ruby>二<rt>ふたり</rt></ruby>人の<ruby>男<rt>おとこ</rt></ruby>の<ruby>人<rt>ひと</rt></ruby>が<ruby>話<rt>はな</rt></ruby>しています。この<ruby>人<rt>ひと</rt></ruby>は、なぜ<ruby>今<rt>いま</rt></ruby>の<ruby>仕事<rt>しごと</rt></ruby>を<ruby>辞<rt>や</rt></ruby>めますか。

男1 <ruby>会社<rt>かいしゃ</rt></ruby><ruby>辞<rt>や</rt></ruby>めようと<ruby>思<rt>おも</rt></ruby>ってるんだ。

男2 <ruby>何<rt>なん</rt></ruby>で？ここまでがんばってきたのに。

男1 この<ruby>仕事<rt>しごと</rt></ruby>は<ruby>俺<rt>おれ</rt></ruby>には<ruby>向<rt>む</rt></ruby>いてないんだ。<ruby>俺<rt>おれ</rt></ruby>は<ruby>会社<rt>かいしゃ</rt></ruby>にとって<ruby>役<rt>やく</rt></ruby>に<ruby>立<rt>た</rt></ruby>たない<ruby>人間<rt>にんげん</rt></ruby>なんだ。

男2 そんなことないだろ。

男1 というのは<ruby>表向<rt>おもてむ</rt></ruby>きの<ruby>理由<rt>りゆう</rt></ruby>で、<ruby>本当<rt>ほんとう</rt></ruby>は<ruby>公務員<rt>こうむいん</rt></ruby>の<ruby>試験<rt>しけん</rt></ruby>を<ruby>受<rt>う</rt></ruby>けたいんだ。<ruby>公務員<rt>こうむいん</rt></ruby>は<ruby>安定<rt>あんてい</rt></ruby>しているからね。<ruby>真面目<rt>まじめ</rt></ruby>に<ruby>勉強<rt>べんきょう</rt></ruby>しないと<ruby>受<rt>う</rt></ruby>からないから、<ruby>会社<rt>かいしゃ</rt></ruby>やめて<ruby>勉強<rt>べんきょう</rt></ruby>するんだ。これは<ruby>内緒<rt>ないしょ</rt></ruby>だよ。

男2 そうか、<ruby>頑張<rt>がんば</rt></ruby>れよ。

この<ruby>人<rt>ひと</rt></ruby>は、なぜ<ruby>今<rt>いま</rt></ruby>の<ruby>仕事<rt>しごと</rt></ruby>を<ruby>辞<rt>や</rt></ruby>めますか。

解析
- ここまでがんばってきてのに（努力到現在了，卻…）
- 役に立たない（沒有幫助）
- 表向きの理由（表面上的理由）
- 受からない（考不上）
- これは内緒だよ（這是秘密喔）

2 番—2

<ruby>店員<rt>てんいん</rt></ruby>とお<ruby>客<rt>きゃく</rt></ruby>が<ruby>話<rt>はな</rt></ruby>しています。お<ruby>客<rt>きゃく</rt></ruby>は、なぜそれを<ruby>買<rt>か</rt></ruby>うことに<ruby>決<rt>き</rt></ruby>めましたか。

女 <ruby>普通<rt>ふつう</rt></ruby>の<ruby>携帯電話<rt>けいたいでんわ</rt></ruby>にしようか、スマートフォンにしようか<ruby>悩<rt>なや</rt></ruby>んでいるんです。

男 <ruby>外<rt>そと</rt></ruby>でインターネットをよく<ruby>使<rt>つか</rt></ruby>いますか。

女 あまり<ruby>使<rt>つか</rt></ruby>いませんねえ。

男 でしたら、<ruby>普通<rt>ふつう</rt></ruby>の<ruby>携帯電話<rt>けいたいでんわ</rt></ruby>でよろしいかと<ruby>思<rt>おも</rt></ruby>いますが。

女 <ruby>普通<rt>ふつう</rt></ruby>の<ruby>携帯電話<rt>けいたいでんわ</rt></ruby>でもスマートフォンでも、<ruby>写真<rt>しゃしん</rt></ruby>はとれますよね。

男 ええ、どちらでもとれますよ。

女 あ、それからソフトをインストールして<ruby>無料<rt>むりょう</rt></ruby>で<ruby>通話<rt>つうわ</rt></ruby>できると<ruby>聞<rt>き</rt></ruby>いたんですが。3<ruby>人<rt>にん</rt></ruby><ruby>以上<rt>いじょう</rt></ruby>でも<ruby>無料<rt>むりょう</rt></ruby>で<ruby>通話<rt>つうわ</rt></ruby>できるという<ruby>話<rt>はなし</rt></ruby>です。

男 それはSkyapeというソフトをインストールしないとできませんよ。

女 <ruby>普通<rt>ふつう</rt></ruby>の<ruby>携帯電話<rt>けいたいでんわ</rt></ruby>でもそのソフトをインストールできますか。

男 スマートフォンでないとできませんよ。でも、それはインターネットの<ruby>契約<rt>けいやく</rt></ruby>もしないとできませんよ。インターネットの<ruby>契約<rt>けいやく</rt></ruby>は、1<ruby>ヶ月<rt>かげつ</rt></ruby>1100<ruby>円<rt>えん</rt></ruby>からです。

女 けっこうしますね。でしたら、インターネットの契約はしないので、普通の携帯電話でいいです。

お客は、なぜそれを買うことに決めましたか。

解析
- ソフト（軟體）
- インストール（安裝）
- けっこうしますね（要花很多錢耶）

3 番—1

男の人が、アスレチッククラブの受付の人と話しています。男の人は、どのタイプの会員になりますか。

男 プールの会員になりたいんですが。

女 利用料の安い順に、午後7時半以降は使えないタイプ、週末しか使えないタイプ、午前中しか使えないタイプ、いつでも使えるタイプがありますが、どのタイプの会員をご希望ですか。

男 週末は泳ぎませんが、毎日仕事ですから、夜しか泳げません。

女 でしたら、こちらのタイプが便利かと思います。

男 これでしたら、週末が無駄になります

ね。急げば仕事の後、6時ごろに着けます。

女 でしたら、こちらのタイプのほうが、安くて無駄がないかもしれませんね。

男 そうですね。このタイプにします。

男の人は、どのタイプの会員になりますか。

解析
- 費用由便宜到貴的依序為：晚上7點半之後不能使用的→只能在周末使用的→只能在中午之前使用的→隨時都能使用的
- 了解男性周末不游泳、每天都要上班，只能晚上游泳的需求後，運動倶樂部的接待人員建議男性選擇隨時都能使用的方案。
- 但是男性覺得這樣周末沒有使用很浪費，如果自己盡快結束工作，可以在6點左右抵達運動倶樂部。
- 所以男性最後選擇晚上7點半之後不能使用的方案。

4 番—4

夫婦が話しています。二人はなぜそこに水槽を置きますか。

女 ここにこの水槽を置いて魚を飼おうよ。ソファーに座ってちょうどよく見える位置でしょ。

男 だめだよ。魚をそんな日が当たるところに置いたら。魚は温度差が大きくなるとだめなんだよ。

女 じゃ、玄関の靴箱の上に置いておこう。

聴解

お客さんが見て楽しむのにいいと思う
の。

男 でも、お客さんが見るだけで、うちの人
はあまりあのへん行かないじゃない。

女 だったら、そのテーブルの上に置くのはど
うかしら。ご飯食べながら見るのもいい
わ。

男 テーブルが狭くなるよ。それだったら、窓
際に置いて、水槽のところだけカーテンを
閉めておけばいいと思うよ。

女 そうね。

二人はなぜそこに水槽を置きますか。

解析
- そんな日が当たるところ（會曬到強烈陽光的地方）
- ご飯食べながら見る（一邊吃飯一邊觀賞）
- 窓際（窗戶旁邊）
- カーテン（窗簾）

難題原因
- 男性針對女性提出的建議——反駁，但是男性最後有針對女性提出的一個方案提出改善方式，必須聽到最後才能選出正確答案。
- 此題的答題線索是男性最後所説的「窓際に置いて、水槽のところだけカーテンを閉めておけばいいと思うよ」（放在窗戶旁邊，只在放水槽的地方拉上窗簾的話是不錯的）。
- 從女性提出的三個地方（坐在沙發剛好可以看到水槽的位置、玄關的鞋櫃上、飯桌上）來選擇的話，只有坐在沙發剛好可以看到水槽的位置會被太陽照射到，需要窗簾，所以答案是選項4。

5 番—3

男の人と女の人が、インターネットオークションのことについて話しています。女の人は、いつ商品を取りに行きますか。

女 あの、今晩商品を取りに行く約束をしていた玉田ですが。やっぱり明日の夜に変更したいんですが。

男 明日ですか。明日は私は出張でいないので。

女 いつ帰って来られますか。

男 しあさっての午後ですね。

女 でしたら、しあさっての夜はどうですか。

男 夜は他の約束が入っているので。

女 でしたら、しあさっての次の日の夜でどうですか。

男 その日から、実家に帰るんですが…でしたら、しあさっての約束を昼に変えますから。

女 あ、そうしていただけると助かります。では、その日に行きますので。

男 わかりました。

女の人は、いつ商品を取りに行きますか。

解析

● インターネットオークション（網路拍賣）
● 実家（老家）
● そうしていただけると助かります（你這樣做的話我就省事了）

6番—1

男の人が、旅行会社の人と話しています。
男の人は、なぜこの日に出発するチケットにしましたか。

男 ５月１２日の、台湾行きの便を予約したいんですが。

女 申し訳ありませんが、５月１２日はもう空いてないんです。

男 でしたら、その近くで何日がありますか。

女 １０日と１４日があります。ただ、この便は午後になります。１５日でしたら、朝の便が空いています。

男 帰りは、１７日にしたいんですが、空いていますか。

女 ええ、空いています。

男 １０日でしたら、１７日までは長すぎます。１５日の朝の便だったら、１７日まで２日しかありません。ですから、１４日にします。

女 わかりました。

男の人は、なぜこの日に出発するチケットにしましたか。

解析

● 空いてない（沒有空位）

難題原因

● 文中提出許多日期，答題時很容易被干擾，一定要一邊聆聽一邊做筆記。

● 男性最後説的「10日でしたら、17日までは長すぎます。15日の朝の便だったら、17日まで2日しかありません。ですから、14日にします」是答題關鍵，男性覺得10號出發17號回來的話時間太長，如果是15號早上的班機，17號回來的話又只有2天時間，都是以17號衡量出發時間。

3

1番—4

二人の高校生が、鰹節について話しています。

男 鰹節には、カビが生えてるって知ってる？

女 カビが生えてるのに、食べられるの？体に悪くないの？

男 カツオブシ菌というカビが、かつおの水分と脂肪分を取り去り、身を硬くして、アミノ酸を濃縮してしまうんだよ。

聴解

女 じゃ、鰹節はカビのおかげで栄養満点の食べ物になるんだね。

男 そうそう。昔はなまりぶしという、やわらかいかつおの加工食品を食べてたんだけど、長く置いておくとカビが生えてもっとおいしい物になるということに偶然気がついた人がいるんだよ。

女 なるほど。たまたまカビが生えて、おいしくなったんだね。大発見だね。

男 うん。

正しい鰹節の作り方はどれですか。

1 なまりぶしから取り出したアミノ酸を濃縮すると鰹節になる。

2 なまりぶしを柔らかくすると鰹節になる。

3 なまりぶしにさまざまな栄養を加えると鰹節になる。

4 なまりぶしを置いておくだけで鰹節になる。

解析
- 鰹節（柴魚片）
- カツオブシ菌（柴魚菌絲）
- 取り去る（去除）
- アミノ酸（胺基酸）
- 栄養満点（營養豐富）
- なまりぶし（蒸熟後曬乾的鰹魚肉）
- 気がつく（注意、發現）
- たまたま（偶然、碰巧）

2 番──4

先生が、左団扇という言葉について説明しています。

女 左団扇という言葉は、左側から召使にあおいでもらうという意味ではなく、あくせく働く必要がなくゆったり生活しているという意味です。その語源は二つの説があります。左手で団扇をあおぐとゆっくりになることから来ているという説と、昔の男の着物は右側にしかポケットがなく、あまりに儲かってお金を入れるのが忙しく、左手でしか団扇を持てなくなっている様子から来ているという説がありますが、後者が正しいそうです。

左団扇という言葉の語源は何だと言っていますか。

1 左側から召使にあおいでもらうお金持ちの様子から

2 儲かっていない人の様子から

3 左手で団扇を扇ぐのが難しい様子から

4 昔の儲かっている男の様子から

解析
- 左団扇（悠閒過日子）
- 召使（佣人）

- あおいでもらう（請別人幫忙搧風）
- あくせく（辛苦、忙碌）
- ゆったり（悠閒）
- 団扇（扇子）
- ポケット（口袋）
- あまりに儲かってお金を入れるのが忙しく（賺了很多錢，忙著裝錢）

難題原因

- 雖然一開始就說到主題是「左団扇」這個詞彙，但是全文中有很多穿插交錯的資訊，一定要一邊筆記各細節、理解全文，聽到題目時才能正確作答。
- 女性提到「左団扇」的語源有兩種，最後所說的「後者が正しいそうです」（據説後者是正確的），後者指的是「賺了很多錢，忙著裝錢，只好用左手拿扇子」。

3番——4

兄と妹が話しています。

男　鯉って何年ぐらい生きるんだろう？

女　人間よりも長生きするのもいるらしいよ。

男　本当？

女　むなびれの付け根の模様から、年齢がわかるんだよ。野生のでは、７０年ぐらい生きるものもいるんだよ。

男　だったら、人間と同じくらいじゃない。

女　岐阜県のあるうちで飼ってる鯉は、２２６歳らしいよ。

男　そんなに生きても面倒だな。自分より長い

じゃない。

女　でも、飼われてる鯉は普通は２０年くらいで、よく生きて４０年くらいのものらしいよ。

男　なあんだ。でもやっぱり長いなあ。

男の人は、鯉についてどう思っていますか。

1　鯉は寿命が長くてうらやましい。

2　鯉はぜひ飼ってみたくなる生き物だ。

3　鯉は面倒な習性を持った生き物だ。

4　鯉のような長生きする生き物は飼うのに適していない。

解析

- 人間よりも長生きする（比人還長壽）
- むなびれ（胸鰭）
- 付け根（根部）
- 男性所説「そんなに生きても面倒だな。自分より長いじゃない」（即使活那麼久也很麻煩，這樣不就活得比自己久嗎？），表示男性覺得飼養像鯉魚這種活得比較久的生物是不適合的。

4番——2

テレビで専門家が、インタビューに答えています。

女　最近の恋人の探し方は、昔と比べて変わってきているんですか。

聴解

男 一昔前は、合コンが主流だったんですが、この頃はインターネットを使った方法が主流です。合コンは、時間もお金もかかりますが、インターネットを使えば、時間もお金もかかりません。あるサイトに登録して、気に入った相手に自分のプロフィールを送信すると、連絡先の交換ができます。とても簡単ですが、実際に会うところまでいくのは難しいので、その点では、合コンのほうが直接結果に結びつきやすいです。

この人は、何の話をしていますか。

1 恋人探しにかかるお金と時間
2 合コンとインターネットを使った方法のそれぞれの利点欠点
3 恋人探しにおけるインターネットの必要性
4 気が合う異性を探すことがいかに大変か

解析
● 一昔前（很久以前）
● 合コン（聯誼）
● サイト（網站）
● 連絡先（聯絡方式）
● 実際に会うところまでいくのは難しい（進展到實際見面的程度是困難的）
● 結びつきやすい（容易聯繫）

難題原因
● 聴完全文後必須完全理解並歸納所有細節才能知道文章最想傳達的訊息是什麼。
● 文章主要圍繞在「比較現在和過去尋找戀愛對象的方法」，所以穿插提出透過「合コン」（聯誼）和「インターネット」（網路）的各種優缺點。

5 番—4

ラジオで、教授がインタビューに答えています。

男 梅雨時期のカビって困りますよね。

女 この季節、ぬれたタオルをそのまま置いておくと、黒いカビが生えてしまいますよね。カビは目に見えないくらい小さく、アレルギーやアトピー性皮膚炎の原因になり、木の建材を腐らせたりもします。カビは、気温が２０度以上になると繁殖します。建材などにカビが生えてしまったら、劇薬で除去するしかありません。劇薬は扱いに気をつけないと肌荒れの原因になります。普段から清潔に保つのが一番いい方法です。

教授は、何の話をしていますか。

1 皮膚炎を防ぐ方法

2 カビの生えたタオルの洗い方

3 劇薬の取り扱いについて

4 カビの防止法

解析

● ぬれたタオル（濕毛巾）

● アレルギー（過敏）

● アトピー性皮膚炎（異位性皮膚炎）

● 劇薬（藥性強烈的藥、毒藥）

● 肌荒れ（皮膚變粗糙）

4

1 番──3

男 失礼ですが、どちらさまですか。

女 1 ええ、本当に失礼ですよ。

2 失礼なのは、山口さんです。

3 部長の松本の妻です。

中譯

男 不好意思，請問您是哪一位？

女 1 嗯，真的很失禮耶。

2 失禮的是山口先生。

3 我是松本部長的妻子。

2 番──2

男 彼が東京大学に落ちるなんて、そんなば

かな。

女 1 彼は東大に落ちて当たり前よ。ばかだ

から。

2 彼が東京大学に落ちるはずなんてない

のにね。

3 そうかな。私は彼は受かると思ってた

わ。

中譯

男 他竟然沒考上東京大學，真是無法相信。

女 1 他沒考上東大是理所當然的事情啊。因為他是
笨蛋。

2 他明明不應該考不上東京大學的。

3 是嗎？我一直認為他會考上的。

解析

● 落ちる（沒考上）

● そんなばかな（無法相信）

難題原因

● 要測驗考生是否知道「そんなばかな」這種具有難度
的會話表現方式。

● 在此對話中，「そんなばかな」是「信じられない」
（無法相信）的意思。

3 番──1

男 まさか、クラブやめようなんて思ってるん

じゃないだろうね？

女 1 ばれた？実はそうなの。

2 実は、やめようなんて思ってないの。

聴解

3 まさか、クラブに入ってるから。

中譯

男 你該不會想退出社團吧？
女 1 被看穿了？事實就是如此。
　 2 其實我並沒有想過要退出。
　 3 怎麼可能？都已經進社團了。

解析

● クラブ（社團）
● ばれた（被看穿了）

4 番―2

男 僕は、君に幸せになってもらいたいんだ。
女 1 うん。私が幸せにしてあげる。
　 2 ありがとう。そういってくれるとうれしい。
　 3 そんな。私にはできないわ。

中譯

男 我希望妳會幸福。
女 1 嗯。我會讓你幸福。
　 2 謝謝。聽你這麼説，我很高興。
　 3 別這樣説，我做不來的。

解析

● 幸せになってもらいたい（希望對方會幸福）

難題原因

● 要測驗考生是否知道「動詞て形＋もらいたい」這種和授受動詞有關的表現方式。
● 在此對話中，「幸せになってもらいたい」是「希望別人會幸福」的意思。

5 番―1

女 彼は人を見る目がないよね。
男 1 何でこんな人を彼女に選んだんだろうね。
　 2 そうだよね。彼はいつも注目の的だよね。
　 3 彼の目は、いつも相手のほうを見ていないよね。

中譯

女 他沒有看人的眼光對吧？
男 1 為什麼選這種人當自己的女友呢？
　 2 是啊。他一直都是大家注意的對象。
　 3 他的眼睛總是不看著對方吧。

解析

● 見る目がない（沒有識別的能力）

6 番―3

男 え、山口さんは休むの？
女 1 はい、お休みを取って、旅行に行ってきました。
　 2 はい、いろいろ忙しいお休みでした。
　 3 はい、ちょっと用事があるので。

中譯

男 咦？山口小姐要請假嗎？
女 1 對，我請假去旅行了。
　 2 對，我度過了忙碌的假期。
　 3 對，因為我有些事情要處理。

7 番—2

男 こんなにゆっくり仕事してると、部長に怒られそうだな。

女 1 急ぎすぎだよね。気をつけるね。

　　2 そうだね。急がなきゃね。

　　3 部長の怒った顔みたいよね。

中譯

男 做事這麼慢吞吞的，可能會惹部長生氣喔。

女 1 我是不是太急了？我會小心一點。

　　2 你說的對，必須加快速度才行。

　　3 好想看部長生氣時的臉喔。

解析

● 急がなきゃ（必須加快速度）

8 番—3

男 実は…あの…その…

女 1 実はああだよね。わかった。

　　2 嫌なこと言わないで。ほんとに嫌な人。

　　3 何か言いにくいことでもあるの？言ってみて。

中譯

男 事實上…那個…這個…

女 1 事實上是那樣的吧？我知道了。

　　2 別講惹人厭的話。真是討厭的人。

　　3 有什麼難以啟齒的事情嗎？你說說看啊。

解析

● 言いにくい（難以啟齒）

9 番—3

男 君のせいでこんなことになってしまって…

女 1 そうかな。そう言われると照れるな。

　　2 ありがとう。うれしい。

　　3 ごめん。一生懸命やったんだけど。

中譯

男 都是因為你，事情才會變成這樣…

女 1 是嗎？被你這麼一說，我覺得很難為情呢。

　　2 謝謝。我好高興。

　　3 對不起，我已經很拼命去做了。

解析

● 名詞＋の＋せいで（因為…的緣故）

難題原因

● 要測驗考生是否能夠從發話者所説的「君のせいで」（都是因為你）、「こんなことになってしまって」（事情變成這樣）這種表現方式，知道這是在責怪對方的語氣。

10 番—2

男 もう予定の時間を過ぎてるよね。

女 1 うん、時間はまだなんじゃないかな。

　　2 車が渋滞で遅れてるんじゃないかな。

　　3 うん、予定通りだよね。

中譯

聴解

男 已經過了預定時間了吧？
女 1 嗯，應該還不到時間吧？
　　2 是不是因為塞車延誤了？
　　3 嗯，按照預定的。

解析
● 時間を過ぎてる（超過時間了）
● 名詞＋通り（按照…）

11 番<ruby>ばん</ruby>—3

男 レポート、後<ruby>あと</ruby>は表紙<ruby>ひょうし</ruby>をつけるだけで出来<ruby>でき</ruby>上<ruby>あ</ruby>がりだと思<ruby>おも</ruby>ったのに…

女 1 もうできたの？
　　2 そうだね。もうすぐ終<ruby>お</ruby>わりだね。
　　3 まだまだだよね。けっこう大変<ruby>たいへん</ruby>だわ。

中譯
男 本來以為報告只要之後加上封面就大功告成的，可是…
女 1 已經完成了嗎？
　　2 是啊，就快結束了吧。
　　3 還早得很吧？（這個報告）相當不容易呢。

解析
● 表紙（封面）
● …と思ったのに（原本以為…可是…）

難題原因
● 要測驗考生是否理解發話者在句尾所說的「…のに」的用法。
● 「…のに」在這裡是表示結果超出預料之外、事情沒有按照自己原本所想的那樣進行。

5

【1番<ruby>ばん</ruby>、2番<ruby>ばん</ruby>】

1番<ruby>ばん</ruby>—4

両親<ruby>りょうしん</ruby>と娘<ruby>むすめ</ruby>がバイクを買<ruby>か</ruby>うことについて話<ruby>はな</ruby>しています。

女1 学校遠<ruby>がっこうとお</ruby>いんだから、バイク買<ruby>か</ruby>ってよ。
女2 だめよ。女<ruby>おんな</ruby>の子<ruby>こ</ruby>がバイクとか、危<ruby>あぶ</ruby>ないったらありゃしない。
女1 頼<ruby>たの</ruby>むから。バスはいつも渋滞<ruby>じゅうたい</ruby>で遅<ruby>おく</ruby>れて、いつも遅刻<ruby>ちこく</ruby>。
女2 だめったらだめなの。この前<ruby>まえ</ruby>買<ruby>か</ruby>ってあげた自転車<ruby>じてんしゃ</ruby>だって、乗<ruby>の</ruby>らなくなってほったらかしだし。
女1 これはほんとにいるのよ。
男 いつもぎりぎりのバス乗<ruby>の</ruby>るから、遅<ruby>おく</ruby>れるんだよ。バイク買<ruby>か</ruby>ってやっても、ぎりぎりに出<ruby>で</ruby>ていくんじゃないかな。
女1 じゃ、明日<ruby>あした</ruby>から一ヶ月<ruby>いっかげつ</ruby>、早<ruby>はや</ruby>めのバスに乗<ruby>の</ruby>るから、それができたら買<ruby>か</ruby>うっていうのは？

女2 うん。やってみてできたら買って<ruby>買<rt>か</rt></ruby>ってあげる
　　ね。

男　わかった。<ruby>約束<rt>やくそく</rt></ruby>するよ。

女2 <ruby>明日<rt>あした</rt></ruby>は<ruby>何時<rt>なんじ</rt></ruby>にうちを<ruby>出<rt>で</rt></ruby>るの？

女1 8<ruby>時<rt>じ</rt></ruby>。

女2 8<ruby>時<rt>じ</rt></ruby>じゃ<ruby>遅<rt>おそ</rt></ruby>いじゃないの。7<ruby>時半<rt>じはん</rt></ruby>よ。<ruby>遅<rt>ち</rt></ruby>
　　<ruby>刻<rt>こく</rt></ruby>したら、バス<ruby>代<rt>だい</rt></ruby>を<ruby>出<rt>だ</rt></ruby>してあげる<ruby>約束<rt>やくそく</rt></ruby>に
　　<ruby>変更<rt>へんこう</rt></ruby>よ。

お<ruby>父<rt>とう</rt></ruby>さんは<ruby>何<rt>なに</rt></ruby>を<ruby>約束<rt>やくそく</rt></ruby>しましたか。

1　<ruby>条件付<rt>じょうけんつ</rt></ruby>きで<ruby>一<rt>いっ</rt></ruby><ruby>ヶ月<rt>かげつ</rt></ruby>のバス<ruby>代<rt>だい</rt></ruby>を<ruby>出<rt>だ</rt></ruby>してやる
　　<ruby>約束<rt>やくそく</rt></ruby>

2　バス<ruby>代<rt>だい</rt></ruby>を<ruby>出<rt>だ</rt></ruby>してやる<ruby>約束<rt>やくそく</rt></ruby>

3　<ruby>一<rt>いっ</rt></ruby><ruby>ヶ月<rt>かげつ</rt></ruby>バス<ruby>通勤<rt>つうきん</rt></ruby>する<ruby>約束<rt>やくそく</rt></ruby>

4　<ruby>条件<rt>じょうけん</rt></ruby>を<ruby>果<rt>は</rt></ruby>たせたらバイクを<ruby>買<rt>か</rt></ruby>う<ruby>約束<rt>やくそく</rt></ruby>

解析

- 危ないったらありゃしない（危險的不得了）
- だめったらだめなの（説了不行就是不行）
- ほったらかし（置之不理）
- ぎりぎりのバス（剛剛好趕上的公車）
- 早め（早一點）
- やってみてできたら買ってあげるね（你嘗試看看，做得
　到的話就買給你）
- バス代を出してあげる約束に変更よ（約定就改成幫你出
　公車錢囉）

2<ruby>番<rt>ばん</rt></ruby>—2

<ruby>先生<rt>せんせい</rt></ruby>と<ruby>生徒<rt>せいと</rt></ruby>が<ruby>話<rt>はな</rt></ruby>しています。

男1 <ruby>金曜日<rt>きんようび</rt></ruby>は、<ruby>指数関数<rt>しすうかんすう</rt></ruby>のテストをしたいと
　　<ruby>思<rt>おも</rt></ruby>います。

男2 <ruby>先生<rt>せんせい</rt></ruby>、<ruby>指数関数<rt>しすうかんすう</rt></ruby>は、<ruby>一部<rt>いちぶ</rt></ruby>まだやってない
　　ところがあったはずです。

男1 あ、なんかそんな<ruby>気<rt>き</rt></ruby>もするね。どこだっ
　　たっけ。

女　112ページから119ページの<ruby>部分<rt>ぶぶん</rt></ruby>、まだや
　　ってません。

男1 そこは<ruby>大事<rt>だいじ</rt></ruby>なところですから、そこが<ruby>済<rt>す</rt></ruby>
　　んでからですね。じゃ、そこは<ruby>次<rt>つぎ</rt></ruby>の<ruby>授<rt>じゅ</rt></ruby>
　　<ruby>業<rt>ぎょう</rt></ruby>、えーと<ruby>金曜日<rt>きんようび</rt></ruby>に<ruby>教<rt>おし</rt></ruby>えますから…

女　これ<ruby>一回<rt>いっかい</rt></ruby>じゃ<ruby>教<rt>おし</rt></ruby>えきれないですよ。

男1 そうですね。じゃ、<ruby>次<rt>つぎ</rt></ruby>とその<ruby>次<rt>つぎ</rt></ruby>で<ruby>教<rt>おし</rt></ruby>え<ruby>終<rt>お</rt></ruby>
　　わります。

男2 テストはそのまた<ruby>次<rt>つぎ</rt></ruby>ですね。

男1 そうですね。

<ruby>先生<rt>せんせい</rt></ruby>は、どうすることに<ruby>決<rt>き</rt></ruby>めましたか。

1　まだ<ruby>教<rt>おし</rt></ruby>えていない<ruby>部分<rt>ぶぶん</rt></ruby>は、<ruby>教<rt>おし</rt></ruby>えない。

2　<ruby>金曜日<rt>きんようび</rt></ruby>の2<ruby>回後<rt>かいあと</rt></ruby>の<ruby>授業<rt>じゅぎょう</rt></ruby>にテストをする。

3　テストはまた<ruby>今度<rt>こんど</rt></ruby>の<ruby>機会<rt>きかい</rt></ruby>にする。

4　<ruby>金曜日<rt>きんようび</rt></ruby>の<ruby>次<rt>つぎ</rt></ruby>の<ruby>授業<rt>じゅぎょう</rt></ruby>にテストをする。

解析

- 指数関数（指數函數）
- なんかそんな気もするね（好像有這種感覺耶）
- どこだったっけ（是哪邊呢）

聴解

- そこが済んでからですね（那裡結束之後）
- 一回じゃ教えきれないですよ（一次的話教不完啦）

- 聴解全文中三人不停地穿插對話，可能會因為某人的一句話就變更原本決定好的事情。所以要隨時記下所有細節，而且一定要聽到最後才能正確作答。
- 原本老師決定在星期五考試，但因為有重要的部分還沒教，所以決定教完再考試，也就是星期五先教課。
- 後來學生又提出只上一次課會教不完，所以老師決定星期五和下次上課要教完，教完課的下一次上課才要考試。

【3番】

3番—3、3

テレビで、医者が前歯の治療について話しています。

男1 折れた前歯を治療する方法は、三つあります。一番安いのは、ブリッジという方法です。保険がきくので、2万円ぐらいで治療できます。しかし、折れた前歯の両方の隣の健康な歯を削らなければなりません。次に安いのは、一部分だけの入れ歯を作る方法です。治療費は7万円ぐらいです。しかし、入れ歯はあまり強度がありませんので、長持ちさせるためには、食事するときは外さなければなりません。一番高いのは、インプラントという方法で、人工の歯をあごの骨に埋め込みます。とても高く、一本で30万円ぐらいします。でも一番長持ちします。

男2 この2本の前歯、治したいなあ。折れたままだと恥ずかしくて笑えないよ。

女 そうよ。あなたが前歯がないから、私も恥ずかしくてね。

男2 入れ歯がいいかなと思うんだけど。

女 でも、食事するときは外すんでしょう。それも恥ずかしいなあ。

男2 君が恥ずかしくても、俺は恥ずかしくないよ。

女 頼むからやめてよ。

男2 でも、両側の歯を削るのは嫌だし。

女 私が半分払ってあげるから、もっといい方法で治療したら。

男2 半分払ってくれるの？だったら埋め込みタイプにしよう。

質問1 この男の人は、どの方法で治療しますか。

質問2 この女の人は、男の人の前歯の治療費のうち、いくらを払いますか。

解析

- 折れた前歯（斷掉的門牙）
- ブリッジ（牙橋）
- 保険がきく（健保有給付）
- 削らなければなりません（一定要把（牙齒）削小一點）
- 入れ歯（假牙）
- 長持ちさせるためには（為了長久使用）
- インプラント（植牙）
- 半分払ってあげる（我幫你出一半）
- 半分払ってくれるの（你要幫我出一半嗎？）

言語知識（文字・語彙・文法）● 読解

1

① 2 惜しい──おしい

② 2 逃した──のがした

③ 1 汚染──おせん

④ 3 横断──おうだん

⑤ 4 覆った──おおった

> **難題原因**
>
> ④：從漢字發音的角度，「横断」可能誤念成「こうだん」。
>
> ⑤：「覆」的字彙有兩個：「覆る」（くつがえる：翻覆）和「覆う」（おおう：覆蓋）。這兩個字彙都是「五段動詞」（也稱第一類動詞），變成「た形」都是「覆った」，作答時要瞭解前後文的句意，才能知道是哪一個「覆った」。甚至如果只知道這兩個動詞的其中之一，也可能答錯。

2

⑥ 3 仇を討った。
報仇。

⑦ 1 彼は仲間を売った。
他出賣了自己人。

⑧ 4 みにくいアヒルの子は水面に映った自分を見て驚いた。
醜小鴨看到映在水面上的自己，嚇了一大跳。

⑨ 2 プレゼントを贈る。
贈送禮物。

⑩ 4 わが身を省みる。

自我審視。

> **難題原因**
>
> ⑨：
> ● 選項 1、2（送る、贈る）發音都是「おくる」，容易搞混。
> ● 選項 1 是陷阱。「送る」是「郵寄、寄送」的意思，所以不能選 1。
>
> ⑩：屬於高級日語的字彙，可能很多人不知道漢字的寫法，但這是一定要會的字。

3

⑪ 4
1 未慈悲：（無此字）
2 不慈悲：（無此字）
3 非慈悲：（無此字）
4 無慈悲：冷酷無情

⑫ 1
1 注意点：注意事項
2 注意線：（無此字）
3 注意面：（無此字）
4 注意体：（無此字）

⑬ 4
1 非個性：（無此字）
2 不個性：（無此字）
3 滅個性：（無此字）
4 没個性：沒個性

⑭ 4
1 心配人：（無此字）
2 心配者：（無此字）
3 心配面：（無此字）
4 心配事：心事

⑮ 3
1 無条理：（無此字）
2 没条理：（無此字）
3 不条理：沒有邏輯
4 滅条理：（無此字）

說明：

- 請參考：第 1 回解析，此題型「難題原因」的「說明」（P4）。

⑬：

- 「没個性」是一個字彙，是日語中非常普遍的用法。
- 選項 1、2 是陷阱，雖然具備「不是、沒有」的意思，但接續「個性」後沒有任何含意。

⑭：

- 「心配事」是一個字彙，是日語中非常普遍的用法。

⑳ 3　1　つるつる：滑溜
　　　2　しこしこ：嚼起來有彈性
　　　3　がさがさ：乾燥、粗糙
　　　4　ごそごそ：嘎吱嘎吱的聲音

⑳ 4　1　沒有缺點
　　　2　流行
　　　3　坦率
　　　4　出色

說明：

- 請參考：第 1 回解析，此題型「難題原因」的「說明」（P5）。

⑰⑳：

- 屬於「擬聲擬態語」的考題，4 個選項的「擬聲擬態語」都有難度。
- 而且這種考題最大的困難點在於即使知道其中一兩個「擬聲擬態語」，也未必有助於答題。因為考點可能剛好在你所不知道的選項。

4　⑯ 2　1　本心
　　　　2　當地
　　　　3　根據地
　　　　4　吃飯

⑰ 2　1　ごたごた：亂七八糟
　　　2　あたふた：驚慌失措
　　　3　うろうろ：徘徊
　　　4　おどおど：戰戰兢兢

⑱ 3　1　被交付
　　　2　別人逼我坐車
　　　3　責任を取られた：被迫負責任
　　　4　被打敗

⑲ 3　1　印象
　　　2　接近、路徑
　　　3　目標
　　　4　顧客

⑳ 3　1　業務
　　　2　收穫
　　　3　營業額
　　　4　借款

5　㉓ 1　つきあって —— 交往
　　　　1　交往
　　　　2　玩樂
　　　　3　共同努力
　　　　4　結婚

㉔ 4　引きとめた —— 挽留
　　　1　說服
　　　2　批評
　　　3　傳喚、叫…過來
　　　4　讓…留下

㉕ 1　心当たりがない —— 沒有印象
　　　1　不認識
　　　2　沒有良心
　　　3　不是嫌疑犯

言語知識（文字・語彙・文法）● 読解

4 心術不正

㉖ 2 ことづけ ── 托帶口信
1 買東西
2 傳話
3 工作
4 處理

㉗ 3 あて ── 依賴
1 興趣
2 工作
3 依賴
4 招牌

㉕：屬於日本人的慣用表達，相反詞是「心当たりがある」（有印象、有頭緒、認識）。

㉖：屬於高級日語的字彙，也常見於商業日語，可能很多人不知道正確的意思和用法。

6

㉘ 3 込める ＿＿ 裝填
把子彈裝到手槍裡。

㉙ 2 気配 ＿＿ 樣子、跡象
感覺到有人的樣子，回頭去看。

㉚ 3 苦情 ＿＿ 抱怨
音響的聲音太吵，鄰居來抱怨了。

㉛ 4 差別 ＿＿ 岐視
白人岐視黑人。

㉜ 1 厳重 ＿＿ 嚴格
因為有嚴格地戒備著，所以放心了。

㉛：可能很多人不知道「差別」的正確意思和用法。如果依賴漢字判斷，更容易誤解「差別」（さべつ）的真正意思。

㉜：可能很多人不知道「厳重」的正確意思和用法。如果依賴漢字判斷，更容易誤解「厳重」（げんじゅう）的真正意思。

7 ㉝ 4 我想早日成功，讓雙親放心。
1 安心して欲しい：想要…放心（前面助詞應為「に」）
2 安心してもらいたい：希望別人放心（前面助詞應為「に」）
3 …を安心されてほしい：（無此用法）
4 …を安心させてあげたい：想要讓人放心

㉞ 2 努力有了結果，開始瘦下來了。
1 努力したとしても：即使努力了…也…
2 努力したかいあって：努力有了結果
3 努力したはずなので：因為應該有努力了
4 努力したからといって：雖說有努力

㉟ 3 從錄影帶中看到自己跳舞的模樣，發現比想像中的差勁，覺得很失望。
1 他の人が踊っているところ：別人跳舞的樣子
2 他の人に踊らせているところ：叫別人跳舞的樣子
3 自分が踊っているところ：自己跳舞的樣子

4　自分が踊っていないところ：自
己沒有跳舞的樣子

㊱　2　**馬場先生嘴巴說要做，但是一點都沒有要做的樣子。**
1　やらないといわないし：沒有説不做，而且…
2　やるといっておきながら：雖然説要做，但是…
3　やるとはいっていないのに：明明沒有説要做
4　やらないといったのに：明明説不做

㊲　1　**如何活出你的人生，完全看你自己。**
1　あなた次第：要看你而定
2　あなたみる：（無此用法）
3　あなたばかり：（無此用法）
4　あなた掌握：（無此用法）

㊳　1　**你去看看還有沒有空位？**
1　開いてる席があるかどうか：有沒有空位
2　開かない席があるかどうか：有沒有不會變成空位的座位
3　これから席が開くところ：接下來空位要出現的時候
4　席を開けるどうか：（無此用法）

㊴　1　**雖然覺得不會有效果，但是試著運動之後，立刻就瘦下來了。**
1　効果がないと思いつつ：雖然覺得不會有效果
2　効果が出るか心配だったが：雖然擔心會不會有效果（前面不會接續「どうせ」）
3　だいじょうぶに決まってると思い：覺得肯定沒問題
4　効果を期待して：期待效果

㊵　3　**在可以想到的範圍內想到一個最**

好的對策。
1　考えできる：（無此用法）
2　考えつくこと：想到的事情
3　考えうる限り：可以想到的範圍內
4　考えておける：可以預先想的

㊶　2　**即使他是真正的犯人，沒有證據的話也無法逮捕她。**
1　…のはずはないので：因為絕對不是…
2　…としても：即使…也…（前面通常會有「たとえ」）
3　…であれば：如果是的話
4　…の場合：…的情況下

㊷　3　**他也不是不想去做。**
1　…があるわけではない：並非有…
2　…があるはずもない：不可能會有…
3　やる気がないわけではない：並不是不想做
4　…がないわけもある：（無此用法）

㊸　2　**我有急事要辦，所以請人把順序讓給我。**
1　譲ってあげた：讓給別人
2　譲ってもらった：請別人讓給我
3　譲らせてあげた：允許別人讓給另外一個人
4　譲らせてもらった：獲得別人的同意，讓給另一個人

㊹　4　**有練習到這種程度的話，就不可能會輸。**
1　負けることもある：有時會輸
2　負けるかもしれない：可能會輸
3　負けるわけにはいかない：不能輸
4　負けるわけはない：不可能會輸

言語知識（文字・語彙・文法）● 読解

難題原因

㊱：「…ながら…ない」（雖然…，但是卻沒有…）是固定用法，必須理解正確意思才能作答。

㊴：
- 「…と思いつつ（も）…する」是固定用法。
- 「…つつ」表示「逆接」，常見的接續形式為：
「動詞ます形＋つつ（も）…する」表示「雖然…，但還是去做…」。

㊷：必須理解「彼にも」的助詞「にも」的意思和語感，才能從中判斷正確答案。

㊸：
- 「て形＋あげる」、「て形＋もらう」、「て形＋くれる」三者容易混淆，必須清楚了解各別意思和用法。
- 此題的另一個困難點是部分選項還加上「使役形」的用法，更容易讓人誤判答案。

㊶ 1 角を曲がると、そこは 3 いつも 4 見慣れた 1 道ではなく 2 まったく別の★ 世界だった。

彎過轉角，眼前不是平常熟悉的道路，而是一個截然不同的世界。

解析
- いつも見慣れた＋名詞（平常熟悉的…）
- まったく別の世界だった（截然不同的世界）

㊷ 1 私が 2 乗ろうと 1 したら★ 4 運悪く 3 エレベーター は行ってしまった。

我想搭電梯，結果運氣不好，電梯走掉了。

解析
- 動詞意量形＋と＋したら（想要做…，結果…）
- エレベーターは行ってしまった（電梯走掉了）

8 ㊺ 2 昨日は 4 ひまだったので 3 隅から 1 隅まで 2 キレイに★ 部屋を掃除した。

因為昨天很清閒，所以把房間各個角落都打掃乾淨。

解析
- 隅から隅まで（各個角落）
- きれいに部屋を掃除した（把房間打掃乾淨）

㊽ 2 法律に 3 触れない 1 ことが 4 すべて 2 悪いことではない★ とは限らない。

沒有違法不見得完全是沒做壞事。

解析
- 法律に触れない（沒有違法）
- …とは限らない（不見得是…、未必…）

㊾ 4 これは 3 友達から 1 もらっ

た　2　ものだから　4　人に　あ　★
げるわけにはいかない。

因為這是朋友送的東西，所以不可
以轉送給別人。

解析
- 名詞＋からもらった（從…那裡得來的）
- 人にあげる（給別人）
- 動詞原形＋わけにはいけない（不可以做…）

難題原因

㊼：「…たら」的用法很廣泛，在此處並不是表示「…的話」，而是表示「做了…之後，結果…」。屬於高級日語的用法。

㊽：句中有很多否定表現的文型，許多否定文型連接在一起非常容易誤解意思。要仔細釐清各否定文型，才可能正確作答。

9　㊿　4
1　服用：服用
2　套用：（無此字）
3　借用：借用
4　着用：穿戴

51　2
1　いつも：總是／すぐわかる：馬上理解
2　どうせ：反正／おそくはない：不遲
3　たまに：偶爾／わからない：不知道
4　こんど：下次／かまわない：沒關係

52　3
1　奇特：奇特的／発祥：發源
2　奇遇：巧遇／発見：發現
3　奇抜：新奇的／発想：主意

4　奇怪：不可思議的／発表：發表

53　1
1　…さながらに：宛如…
2　…しがちに：容易做…
3　…らしく：好像…（「…らしい」是強調「像～原本的特質的一樣」才可以使用）
4　…らしからぬ：不像…

54　4
1　見たくなくなる：變得不想看
2　見てはいられない：看不下去
3　見たくもない：連看也不想看
4　見たくさせる：讓人想看

難題原因

51：
- 必須閱讀全文了解整篇文章的重點，才能判斷空格 a、b 分別要填入什麼。
- 從文章中可以判斷大部分的旅客都不聆聽救生用具的使用説明。必須從這個角度去思考空格 a 可以填入什麼。
- 選項 1、3、4 的空格 a 的答案都不符合邏輯，所以空格 a 要填入選項 2 的「どうせ」。

53：必須知道「まるで…さながらに」（宛如…一樣）的用法，才能正確判斷空格要填入什麼。

54：
- 4 個選項都是由動詞「見る」衍生出來的，必須先理解意思上的差異、以及日語表達上的微妙語感。
- 必須從空格前方的「「見てもらう」のではなく」（並不是要請對方看）去判斷答案。
- 「不是要請對方看」的相反意思是「讓人想看」，所以答案是選項 4 的「見たくさせる」。

言語知識 (文字・語彙・文法) ● 読解

10 (1)
55 3 **因為會緊張而退縮。**
題目中譯 文章提到「和比自己等級高的對手比賽時，會發揮不出實力」，原因是什麼？

(2)
56 4 **為了健康而做的運動和加強力氣的運動是不一樣的。**
題目中譯 作者的論點是什麼？

(3)
57 3 **可以訓練如何應付困難。**
題目中譯 作者提出的電玩好處是什麼？

(4)
58 1 **大部分的人都沒有什麼了不起的才能。**
題目中譯 以下何者不符合作者的論點？

(5)
59 3 **因為每次的動作都不一樣。**
題目中譯 為什麼作者説「打出全倒很簡單，但是得滿分很難」？

難題原因

55：
● 必須知道「力む」的意思是什麼才能正確作答。
● 「力む」和「緊張する」的意思類似。

11 (1)
60 3 **有好點子不見得就會寫出好文章。**
題目中譯 ①根據當天的狀況，寫出來的文章會有所不同，指的是什麼狀況？

61 3 **用最好的技術處理最好的點子。**
題目中譯 所謂的②所有的條件在偶然的情況下一起出現，是指什麼情況？

62 1 **即使是天才，傑作也是偶然創造出來的。**
題目中譯 作者的論點是什麼？

(2)
63 3 **因為現代的作品已經具備了以前的名作的要素。**
題目中譯 ①會覺得「這種東西一點都不好看」，原因是什麼？

64 1 **理解在那個時代裡，那些東西是新穎的東西。**
題目中譯 所謂的②理解製作那些作品的時代背景，是什麼意思？

65 4 **希望大家要知道，名作的靈魂也被活用在現代的作品當中。**
題目中譯 以下何者最接近作者想説的事情？

(3)
66 3 **造成消極性。**
題目中譯 ①感覺到這個世界是現實的這種心理，作者覺得會給人生帶來什麼樣的影響？

67 3 **如果不能像玩鬼屋遊戲一樣享受困境的話，那就是一種損失。**
題目中譯 文中提到，②從一開始就認知到一切都是虛構的情況下，對人生的看法會如何改變？

68 4 **就算有困難，也可以抱著愉快的心情去克服的人生。**
題目中譯 作者認為的有收穫的人生是什麼樣的人生？

難題原因

㉖:

- 屬於閱讀全文後，是否有能力歸納、並正確掌握作者想表達的重點的考題，閱讀力和理解力都要好，才有可能答對。
- 作者認為「即使是天才，也會因為每天的情況不同，創造出有程度落差的作品，傑作也是偶然創作出來的」。

㉕:

- 屬於閱讀全文後，是否有能力歸納、並正確掌握作者想表達的重點的考題，閱讀力和理解力都要好，才有可能答對。
- 作者想表達的是「現代的作品是將以前的名作作為基礎發展而來的」。

㉘:

- 屬於閱讀全文後，是否有能力歸納、並正確掌握作者想表達的重點的考題，閱讀力和理解力都要好，才有可能答對。
- 作者想表達的是「如果像玩鬼屋遊戲一樣去享受人生的話，困難也可以愉快地克服」。

難題原因

㉙:

- 很難從文章中直接找到可以判斷正確答案的內容。
- 要注意題目問的是「無法從 B 的對話中推測出來的」，所以要一個一個確認那些選項是 B 的對話中有提到，而且吻合 B 的對話內容。
- B 的對話中沒有提到和選項 4 相關的敘述，所以答案是 4。

13 ㉑ 3 當事人覺得討厭，但是旁觀者看來覺得很有趣。

題目中譯 所謂的①人生也跟這種情形一樣，是指什麼事情？

㉒ 3 因為知道電影是虛構的。

題目中譯 ②我們會覺得想要成為充滿刺激的電影當中的主角，作者為什麼會這樣説？

㉓ 4 遭遇困難的人生也許也是一種樂趣。

題目中譯 作者觀看電視節目後，感受到什麼事情？

12 ㉙ 4 以目前來説，用日語配音的西片比原音更有價值。

題目中譯 以下何者是無法從B的對話中推測出來的？

㉚ 2 想看原音的話，只要買DVD就可以看了。

題目中譯 以下何者是A和B共同的意見？

14 ㉔ 4 接受國家的補助金時。

題目中譯 以下何種狀況下完全不能獲得補助津貼？

㉕ 3 在申請期間，如果預算用完了，補助津貼就不會撥款下來。

題目中譯 申請補助津貼時，以下何者是應該注意的事項？

言語知識（文字・語彙・文法）● 読解

難題原因

⑦⑤：

- 選項的敘述方式不一定會和文章資訊的敘述方式一致，必須完全理解並歸納文章所提供的資訊，再一一確認各個選項是否吻合資訊內容。

- 答題關鍵在「ただし、申請期〜了となります。」這個部分。

聴解

1

1 番—3

<ruby>女<rt>おんな</rt></ruby>の<ruby>人<rt>ひと</rt></ruby>が<ruby>病院<rt>びょういん</rt></ruby>の<ruby>受付<rt>うけつけ</rt></ruby>の<ruby>人<rt>ひと</rt></ruby>と<ruby>話<rt>はな</rt></ruby>しています。<ruby>女<rt>おんな</rt></ruby>の<ruby>人<rt>ひと</rt></ruby>は、いつにしましたか。

女 すみません。<ruby>腕<rt>うで</rt></ruby>の<ruby>骨折<rt>こっせつ</rt></ruby>で<ruby>通<rt>かよ</rt></ruby>っている<ruby>富岡<rt>とみおか</rt></ruby>です。この<ruby>前<rt>まえ</rt></ruby>は、<ruby>時間<rt>じかん</rt></ruby>が<ruby>決<rt>き</rt></ruby>められなかったので、まだ<ruby>次<rt>つぎ</rt></ruby>の<ruby>予約<rt>よやく</rt></ruby><ruby>取<rt>と</rt></ruby>ってないんですが。

男 そうですね。でしたら、<ruby>金曜日<rt>きんようび</rt></ruby>か<ruby>土曜日<rt>どようび</rt></ruby>はどうですか。

女 <ruby>金曜日<rt>きんようび</rt></ruby>から<ruby>出張<rt>しゅっちょう</rt></ruby>に<ruby>行<rt>い</rt></ruby>くので…でしたら、<ruby>木曜日<rt>もくようび</rt></ruby>の<ruby>夜<rt>よる</rt></ruby>はどうでしょうか。

男 <ruby>木曜日<rt>もくようび</rt></ruby>の<ruby>夜<rt>よる</rt></ruby>はもう<ruby>空<rt>あ</rt></ruby>いてないんですよ。

女 <ruby>木曜日<rt>もくようび</rt></ruby>の<ruby>朝<rt>あさ</rt></ruby>は<ruby>空<rt>あ</rt></ruby>いてますか。

男 その<ruby>日<rt>ひ</rt></ruby>は、<ruby>医師<rt>いし</rt></ruby>の<ruby>研修会<rt>けんしゅうかい</rt></ruby>があって、<ruby>午後<rt>ごご</rt></ruby>からなんですよ。

女 でしたら、<ruby>出張<rt>しゅっちょう</rt></ruby>はお<ruby>昼<rt>ひる</rt></ruby>に<ruby>出発<rt>しゅっぱつ</rt></ruby>なので、<ruby>出張<rt>しゅっちょう</rt></ruby>に<ruby>行<rt>い</rt></ruby>く<ruby>前<rt>まえ</rt></ruby>にしたいんですが。

男 あ、<ruby>大丈夫<rt>だいじょうぶ</rt></ruby>ですよ。その<ruby>時間<rt>じかん</rt></ruby>は<ruby>空<rt>あ</rt></ruby>いてます。

<ruby>女<rt>おんな</rt></ruby>の<ruby>人<rt>ひと</rt></ruby>は、いつにしましたか。

解析

- <ruby>腕<rt></rt></ruby>の<ruby>骨折<rt></rt></ruby>（手臂骨折）
- 醫院櫃台人員一開始提供女性的時間是星期五和星期六；女性星期五開始要出差，所以詢問星期四晚上的時間，但星期四晚上已經額滿；女性又詢問星期四早上，但星期四早上醫生要開研究會；最後女性考量出差時間是星期五中午，所以決定出差前去醫院。

2 番—3

<ruby>二人<rt>ふたり</rt></ruby>の<ruby>会社員<rt>かいしゃいん</rt></ruby>が<ruby>話<rt>はな</rt></ruby>しています。<ruby>二人<rt>ふたり</rt></ruby>は、コーヒー、<ruby>紅茶<rt>こうちゃ</rt></ruby>それぞれいくつ<ruby>買<rt>か</rt></ruby>いますか。

女 <ruby>何<rt>なに</rt></ruby><ruby>買<rt>か</rt></ruby>ってこいって<ruby>言<rt>い</rt></ruby>ってた？

男 <ruby>部長<rt>ぶちょう</rt></ruby>と<ruby>課長<rt>かちょう</rt></ruby>がカレーライス。<ruby>次長<rt>じちょう</rt></ruby>はハヤシライス。

女 お<ruby>客<rt>きゃく</rt></ruby>さんが<ruby>来<rt>き</rt></ruby>てるわよね。

男 あ、そうだ。お<ruby>客<rt>きゃく</rt></ruby>さんのは<ruby>課長<rt>かちょう</rt></ruby>のと<ruby>同<rt>おな</rt></ruby>じでいいよ。

女 <ruby>飲<rt>の</rt></ruby>み<ruby>物<rt>もの</rt></ruby>はいらないの？

男 <ruby>特<rt>とく</rt></ruby>に<ruby>言<rt>い</rt></ruby>われてないけど、みんなコーヒーでいいかな。

女 <ruby>部長<rt>ぶちょう</rt></ruby>はコーヒー<ruby>飲<rt>の</rt></ruby>まないのよ。よく<ruby>紅茶<rt>こうちゃ</rt></ruby><ruby>飲<rt>の</rt></ruby>んでるから<ruby>紅茶<rt>こうちゃ</rt></ruby>でいいと<ruby>思<rt>おも</rt></ruby>う。

男 そうだね。それから、お<ruby>客<rt>きゃく</rt></ruby>さんはどうかわからないから、コーヒーと<ruby>紅茶両方<rt>こうちゃりょうほう</rt></ruby><ruby>買<rt>か</rt></ruby>ったらいいと<ruby>思<rt>おも</rt></ruby>うよ。

女 ついでにコーヒー<ruby>私<rt>わたし</rt></ruby>のも<ruby>買<rt>か</rt></ruby>おうっと。

<ruby>二人<rt>ふたり</rt></ruby>は、コーヒー、<ruby>紅茶<rt>こうちゃ</rt></ruby>それぞれいくつ<ruby>買<rt>か</rt></ruby>い

聴解

ますか。

【解析】

● カレーライス（咖哩飯）
● ハヤシライス（牛肉燴飯）
● いらない（不需要）
● 特に言われてない（沒有特別説明）
● ついでに（順便）

【難題原因】

● 文章内容較複雜，要仔細聆聽各細節，並隨時做筆記。
● 飲料原本都要買咖啡，但部長不喝咖啡，所以改成買1杯紅茶（給部長）、2杯咖啡（給課長和次長）。
● 後來因為不知道客戶的喜好，所以男性提議咖啡和紅茶兩種都買。此時變成要買2杯紅茶（給部長、客戶）、3杯咖啡（給課長、次長和客戶）。
● 最後女性希望男性也順便幫自己買一杯咖啡，所以變成要2杯紅茶、4杯咖啡。

3番—3

女の人と美容師が話しています。美容師は何をしますか。

女 これと同じ髪型になりませんか。

男 全体的に少し切れば、似てるようにはできますが、同じはちょっと…

女 どうしてですか。

男 お客様の髪は、天然パーマがかかってますが、この写真のモデルは、パーマをかけているんです。

女 でしたら、パーマもかければ同じにできるんですね？

男 天然パーマの上にパーマをかけるんですから、似てはいますがちょっと違う感じになると思いますよ。それから、髪をちょっと染めないと、この色にはなりませんよね。

女 じゃ、パーマをかけてみてください。でも、色のほうは今のままでいいです。

男 わかりました。やってみます。

美容師は何をしますか。

【解析】

● 似てるようにはできますが、同じはちょっと…（可以做到看起來很相似，但是一模一樣有點…）
● 天然パーマ（自然捲）
● パーマをかけているんです（有燙髪）
● 髪をちょっと染めないと（不稍微染髪的話，就…）
● 色のほうは今のままでいいです（髪色照現在的顏色就好了）
● 針對女性要求的髪型，美髪師提議頭髮要稍微修剪，還必須燙髪跟染髪。但是女性希望維持現在的髪色，所以美髪師會幫女性剪頭髮和燙頭髪。

4番—2

夫婦が話しています。二人はどの物件に決めましたか。

女 どの物件にするの？

男 この駅前の三木ハイツと、駅の裏の山手

ビルのどっちかがいいと思うよ。

女 それだったら、山手ビルのほうが条件がいいし安いわ。

男 でも、実は昨日歩いていて、もっといい物件見つけたんだよ。条件もいいんだ。小さな不動産会社の店先に紙がはってあったんだ。光ハイツっていう物件。

女 条件よくてもやめたほうがいいわ。やっぱり大きい不動産チェーンじゃないと信用できないわ。

男 そうか、じゃ、やっぱりさっきので決まりだね。

女 うん、それがいいわ。

二人はどの物件に決めましたか。

解析

- ハイツ（住宅區）
- 駅の裏（車站後面）
- 不動産会社（不動產公司）
- 店先（店頭）
- 大きい不動産チェーンじゃないと信用できないわ（不是大型不動產連鎖店就是不能信任的啊）
- 針對男性提出的車站前的「三木住宅區」和車站後面的「山手大樓」這兩個建議中，女性覺得「山手大樓」的條件又好又便宜。
- 男性後來又提出另外看到的小型不動產公司所介紹的「光住宅區」，但女性覺得大型不動產公司比較值得信任。所以最後兩人還是選擇「山手大樓」。

5 番—4

店員とお客が話しています。このお客は、どれを買いますか。

女 どのようなものをお探しですか。

男 子供の布団を見てるんです。でも、布団は冬は冷えるんですよね。

女 それでしたら、ベッドのほうがよいかと思いますよ。床から離れてるので、床に布団を敷くよりは暖かいですよ。

男 でしたら、子供がベッドから落ちるのが心配なので、囲いが付いたものがいいですね。

女 では、こういうのはどうでしょうか。

男 いや、幼児ではないんです。もう学校にも通ってますから。

女 でしたら、こういうタイプはどうですか。

男 いいですね。ベッドから落ちることもないし。これにします。布団は付いているんですよね。

女 はい、付いていますよ。別に買う必要はありません。

このお客は、どれを買いますか。

解析

聴解

* 床に布団を敷くよりは暖かいですよ（比在地板上舖上床墊溫暖喔）
* 囲いが付いたものがいいですね（有護欄的比較好，對吧？）
* 別に買う必要はありません（不需要再另外買）

【難題原因】

* 由於此題是有圖題，所以聆聽時一定要配合圖片作筆記。
* 此題可借助「刪去法」找出正解，先刪去沒有護欄的圖片。另外透過男性提出小孩已經不是幼童這個訊息，可以剔除選項 1 的嬰兒床，所以答案是選項 4。

2

1 番—2

二人の学生が話しています。二人はいつ勉強会をすることに決めましたか。

男1　勉強会いつやる？

男2　木曜日の夜は？

男1　遅すぎるよ。金曜日の朝試験なんだから。

男2　でも、まだ試験対策のプリント取りに行ってないんだよ。水曜日に取りに行く事になってるんだけど。

男1　じゃ、水曜日の夜に勉強会だね。

男2　水曜日は、ちょっと用事があって無理だ

なあ。

男1　じゃ、どうするの。

男2　じゃ、お願いしてプリント1日早くもらうよ。それで、その日の夜に勉強会しようよ。

男1　わかった。

二人はいつ勉強会をすることに決めましたか。

【解析】

* プリント（講義）

2 番—1

店で男の人と女の人が話しています。男の人は、どのTシャツを買うことにしましたか。

女　このTシャツとこのTシャツ、どっちがいいかな。

男　これはちょっと大きいなあ。でも、こっちはちょっと小さいなあ。

女　最近は、だぼっとしてるのは流行らないよ。それに洗っているうちにもっと大きくなるし。

男　じゃ、こっちにするかな。

女　色はこの薄いグレーでどうだろう。

男　もっと黒っぽいグレーのがいいな。

女 黒っぽいのは、使ってるうちに色が落ちて
しまうよ。

男 じゃ、まあこれでいいか。

男の人は、どのTシャツを買うことにしまし
たか。

解析

● だぼっとしてる（有點寬鬆）
● 洗っているうちにもっと大きくなる（洗著洗著還會變更寬鬆）
● 薄いグレー（淺灰色）
● 黒っぽいグレー（深灰色）
● 色が落ちてしまう（會褪色）

難題原因

● 影響男性選擇T恤的因素有很多，必須仔細聆聽各細節。
● 例如女性提供的兩點建議：
(1)「それに洗っているうちにもっと大きくなるし。」（而且洗著洗著還會變更寬鬆），所以男性選擇 S 號。
(2)「黒っぽいのは、使ってるうちに色が落ちてしまうよ」（黑色系的衣服，穿著穿著就會褪色），所以男性選擇淺灰色。

3 番—3

店員とお客が話しています。お客は無料
修理を受けるために、まず何をしなければな
りませんか。

男 あの、パソコンの修理をお願いしたいん

ですが。買ってから3年以内は無料です
よね。

女 ユーザー登録はしていらっしゃいますか。

男 してないです。

女 でしたら有料になります。

男 今から登録できませんか。

女 本当は購入3ヶ月以内にしなければなら
ないんですが、特別に今ここで登録いた
しますよ。保証書はありますか。

男 そんなものありましたっけ。もうどこかへ
行ってしまいました。

女 あれがないと登録できません。見つかりま
したら、その写真をe-mailでお送りくださ
い。

お客は無料修理を受けるために、まず何を
しなければなりませんか。

解析

● ユーザー登録（使用者註冊）
● そんなものありましたっけ（有這樣的東西嗎？）
● もうどこかへ行ってしまいました（早就不知道放在哪裡了）

4 番—2

夫婦が話しています。二人は、なぜそこにテ
ーブルを置くことに決めましたか。

67

聴解

男　このテーブルどこに置く？

女　あそこの隅にしよう。キッチンで作ってすぐに持ってこれるから便利よ。

男　あそこはドアを開けたらあたるからだめだよ。

女　じゃ、窓のそばにする？外を見ながら食べるのも優雅でいいわよ。

男　外からまる見えだね。恥ずかしいよ。

女　じゃ、部屋の真ん中にしよう。とてもおしゃれな感じでいいわ。

男　そうすると、邪魔になって困るよ。

女　じゃ、やっぱりあそこの隅だね。ドアを開けるときに気をつければいいのよ。

男　そうだね。

二人は、なぜそこにテーブルを置くことに決めましたか。

解析
- 隅（角落）
- ドアを開けたらあたる（開門的話會撞到）
- まる見え（完全看得的清清楚楚）

難題原因
- 男性針對女性提出的建議一一反駁，但是最後女性有針對其中一個方案提出改善方式，獲得男性同意，必須聽到最後才能選出正確答案。
- 此題的答題線索是女性最後所説的「ドアを開けるときに気をつければいいのよ。」（只要開門時小心一點就可以了）。

- 女性提出三個地點的理由：
  (1) あそこの隅（那邊的角落）：在廚房做完後可以馬上端過去
  (2) 窓のそば（窗戶旁邊）：一邊看戶外一邊吃飯很優雅
  (3) 部屋の真ん中（房間正中央）：非常時髦
- 只有角落位置是男性覺得開門時會撞到的位置，所以答案是選項 2。

5 番―2

女の人が、郵便局の人と話しています。女の人は、何に怒っていますか。

女　これを新潟県へ送りたいんですが。

男　では、こちらの用紙にご記入ください。

女　これでいいですか。

男　はい。ええと、重さが 5 キロを超えてますので、1200 円になります。

女　超えないようにしていたんですが、この伝票を貼ったら超えてしまったんですよ。伝票の重さも含むんですか。

男　では、剥いでもう一回測りますね。あ、確かに超えていませんね。でしたら、950 円です。

女　しっかりしてくださいよ。

男　すみません。

女の人は、何に怒っていますか。

解析

- 伝票（託運單）
- 超えないようにしていたんですが（有算好讓它不要超過，但是…）
- 剥いでもう一回測ります（撕下來再量一次）

6番—1

工場の人とセールスマンが話しています。

男の人はなぜ、これに決めましたか。

女 この製品が、最新型になります。1分間に300の穴をあけることができます。こちらでどうでしょうか。

男 いくらですか。

女 1台200万円です。

男 性能は素晴らしいんですが、うちの工場では、これほどまでのものは必要がないと思います。

女 少しくらいなら安くできますよ。

男 あ、決して高いという理由ではないんです。これなら旧型の1分間に150の穴があけられるタイプのほうがいいと思うんです。安い旧型をその分たくさん買いたいので。ですから、旧型をください。

女 なるほど。わかりました。

男の人はなぜ、これに決めましたか。

解析

- これほどまでのものは必要がない（達到這麼厲害的程度的東西，是不需要的）
- 決して高いという理由ではないんです（絶對不是因為價格昂貴這個理由）
- その分（那個分量）

3

1番—2

お母さんと息子が、ご飯を食べながら話しています。

女 大根おろし食べてないじゃない。魚だけじゃなくて、大根おろしも一緒に食べないとだめよ。

男 あまり好きじゃないなあ。

女 秋刀魚のように脂が多い魚は、胃がもたれやすいでしょ。大根には、消化を助けるジアスターゼっていう酵素が入ってるのよ。

男 それで、日本人は大根おろしをてんぷらやステーキとかの脂っぽい料理と一緒に食べたりもするんだね。

聴解

女 そう。よく 考 (かんが) えられてるのよ。

男 わかった。

息子 (むすこ) は、大根 (だいこん) おろしについてどう思 (おも) いましたか。

1 大根 (だいこん) おろしは、胃 (い) に悪 (わる) い食 (た) べ物 (もの) だ。

2 大根 (だいこん) おろしは、ちゃんと食 (た) べたほうがいい。

3 大根 (だいこん) おろしは、好 (す) きじゃないので食 (た) べなくていい。

4 大根 (だいこん) おろしは、脂 (あぶら) っぽい 料理 (りょうり) と食 (た) べるのが最高 (さいこう) だ。

解析

● 大根おろし（蘿蔔泥）
● もたれやすい（容易消化不良）
● 消化を助ける（幫助消化）
● ジアスターゼ（澱粉酶）
● てんぷら（天婦羅）
● ステーキ（牛排）
● 脂っぽい（油膩的）

2 番 (ばん) ——2

テレビで 料理研究家 (りょうりけんきゅうか) がインタビューに答 (こた) えています。

男 この季節 (きせつ) になると、 食事 (しょくじ) からの細菌感染 (さいきんかんせん) が心配 (しんぱい) ですよね。

女 食材 (しょくざい) のわさび、みょうが、しょうがは、 食中毒 (しょくちゅうどく) を防 (ふせ) ぐ薬草 (やくそう) です。これらのもの

は、加熱 (かねつ) しないほうがその効果 (こうか) を発揮 (はっき) します。みそや酢 (す) に混 (ま) ぜてソースを作 (つく) り、 料理 (りょうり) に使 (つか) いましょう。これだけでも、 食中毒 (しょくちゅうどく) は起 (お) こりにくくなります。また、 緑茶 (りょくちゃ) にも、カテキンというものが含 (ふく) まれていて、抗菌 (こうきん) 、解毒作用 (げどくさよう) があります。使 (つか) った後 (あと) のまな板 (いた) を緑茶 (りょくちゃ) で拭 (ふ) いたり、 緑茶 (りょくちゃ) を飲 (の) んだりしても、効果 (こうか) があります。

料理研究家 (りょうりけんきゅうか) は、何 (なん) の話 (はなし) をしていますか。

1 薬草 (やくそう) とお茶 (ちゃ) の健康 (けんこう) にいいいただき方 (かた)

2 食材 (しょくざい) を使 (つか) った 食中毒 (しょくちゅうどく) の防止法 (ぼうしほう)

3 食中毒 (しょくちゅうどく) に対処 (たいしょ) する方法 (ほうほう)

4 食器 (しょっき) の消毒法 (しょうどくほう)

解析

● みょうが（蘘荷，姜科植物）
● 食中毒を防ぐ（防止食物中毒）
● 起こりにくくなります（變得不容易發生）
● カテキン（兒茶素）
● まな板（砧板）

難題原因

● 聽完全文後必須完全理解並歸納所有細節才能知道文章最想傳達的訊息是什麼。

● 雖然文中「食中毒」（食物中毒）這個字彙只出現了兩次，但是出現於文中的「みょうが」、「しょうが」、「緑茶」這些和食物相關的字彙都有提到「解毒」，所以可以推斷文章的重點是在説明「利用食物防止食物中毒的方法」。

3番—1

会社で男の人と女の人が話しています。

男 このまえ、ケニアに旅行にいったんだ。それで、英語で「どこから来たの」って聞かれたんだ。それで、こっちも英語で「熊本から来ました」って答えたら、相手が大笑いし始めて。

女 何が面白かったのかな？ケニアにもクマモトっていうところがあるのかな。

男 現地で使われているスワヒリ語で、「子宮」って意味らしいよ。

女 なるほど。人間みんなそこから生まれて来るんだもんね。あはは。面白い。

女の人は、何が面白いと言っていますか。

1 日本の地名「熊本」は、スワヒリ語で子宮という意味だ。

2 ケニアにも、「熊本」という地名がある。

3 ケニアには、「子宮」という地名がある。

4 日本の「熊本」は、ケニアでも有名だ。

【解析】
● ケニア（肯亞）
● スワヒリ語（斯瓦希里語，肯亞的官方語言）

4番—3

学校で、先生が外国人のクラスを教えています。

男 外国人のみなさん、東京には行ったことがありますか。国の中央政府がある都市のことを首都といいますが、日本では東京ですね。あそこは昔は江戸と言い、一地方都市だったんです。で、首都が江戸になった時代のことを、江戸時代と呼びます。その後、今では、伝統とハイテクの混在する、世界有数の大都市となりました。中心部には緑に囲まれた皇居があり、その周辺に政治関連施設やビジネス街、商業施設などがあります。首都としての理想的な姿と言えます。

東京についてどのような面から話しています

聴解

か。

1 東京の首都としての評価
2 東京の世界の都市としての地位
3 東京の今と昔
4 東京の都市としての設計のよさ

解析

● ハイテク（高科技）
● 混在する（混在一起）
● 有数（屈指可數）
● 緑に囲まれた（被緑意圍繞）
● 皇居（皇宮）
● ビジネス街（商圏）

5番—2

学校で男の人と女の人が話しています。

男 学校の奨学金をもらいたいんだけど、だめかなあ。

女 家庭の事情で学費が払えない人とかはもらえるけど、そうでないと難しいよ。

男 もういい年だから親に授業料出してもらうわけにも行かないし、自分で稼ごうと思っても、体が悪くてアルバイトもあまりできないし。

女 でも、自分が親に頼まないのは、家庭の事情とはいえないよ。だから奨学金に頼らない方法を考えるしかないよ。

男 それじゃきついなあ。

女 だったら、おじいちゃんに頼んだらどうかな。

男 はずかしいじゃない。

女 そんなことないよ。困った時こそ頼りになるのが親戚よ。今の時代、親戚との関係も希薄になってはいるけどね。面倒見がよさそうだから大丈夫だと思うよ。

男 じゃ、勇気を出して…

女の人は、おじいちゃんについてどう思っていますか。

1 男の人とは希薄な関係だ
2 お金を貸してくれそうだ
3 恥ずかしがり屋な感じの人だ
4 面倒な事でもやってくれそうな人だ

解析

● そうでないと難しいよ（不是這種情形的話就很難喔）
● もういい年（年經已經不小了）
● 親に授業料出してもらうわけにも行かない（不可以請父母親幫忙出學費）
● 奨学金に頼らない（不依靠奨學金）
● 困った時こそ頼りになるのが親戚（有困擾的時候，可以做為依靠的只有自己的家人）
● 希薄（稀薄）
● 面倒見がよさそう（看起來很會照顧別人的樣子）
● お金を貸してくれそうだ（看起來可能會借錢給別人）
● 恥ずかしがり屋（害羞的人）
● 面倒な事でもやってくれそうな人だ（看起來是即使是麻煩的事也會幫別人做的人）

4

1 番—1

女 なんで 私 があなたのためにこんなことしないといけないの?

男 1 そんなに怒らないで。頼むよ。
2 そうそう。しないとね。頑張って。
3 そんなことしちゃだめだよ。

中譯

女 為什麼我非得要為你做這種事?
男 1 別那麼生氣,求求你。
2 沒錯,你必須要做。加油。
3 不能做那種事。

2 番—3

男 ちょっと缶コーヒー買ってくるね。

女 1 うん。行ってきて。
2 自分で行ったら?
3 うん。待ってる。

中譯

男 我去買杯罐裝咖啡再回來喔。
女 1 嗯,你幫我去。
2 你自己去不就好了。
3 嗯,我等你。

3 番—3

男 大変そうだね。できることなら、私 が代わってあげたいよ。

女 1 だめよ。絶対に。
2 代わってくれるの?ありがとう。
3 気持ちだけでうれしいわ。ありがとう。

中譯

男 看起來好辛苦。如果可以的話,我好想代替你喔。
女 1 不行,絕對不行。
2 你願意代替我嗎?謝謝。
3 你有這份心意我就很高興了,謝謝。

4 番—3

女 昨日、部長にカラオケに連れて行かれたんだよ。

男 1 部長は面白い人だね。
2 よかったね。楽しいでしょう。
3 付き合いも大変だね。

中譯

女 昨天被部長拖去唱卡拉OK了。
男 1 部長真是個有趣的人啊。
2 太好了。很好玩吧?
3 作陪客也是很辛苦的吧?

解析

● 連れて行かれたんだ(被帶去)
● 付き合い(作陪、交際)

73

聴解

難題原因
- 要測驗考生是否理解發話者說「連れて行かれた」這句話時的情緒。
- 從「連れて行かれた」這句話，要能理解發話者是一種不太情願、覺得困擾的心情。

5 番—1

男 何で君がここにいるの？

女 1 私も招待されたの。
　　2 バスで来たの。
　　3 急いできたら、間に合ったの。

中譯

男 妳為什麼在這裡？
女 1 我也獲得邀約了。
　　2 我搭巴士來的。
　　3 我趕著過來，總算趕上了。

6 番—3

女 何のために私が手伝ってあげたの？

男 1 さあ、その説明は聞いてない。
　　2 何のためかもわからないの？
　　3 君の努力を無駄にしないように頑張るよ。

中譯

女 我為什麼要幫忙？
男 1 這個嘛，我沒有聽到說明。

---

　　2 連理由都不知道嗎？
　　3 我會加油，盡量不要讓你的努力變成白費功夫。

解析

- 努力を無駄にしないように（不要讓努力變成白費功夫）

難題原因
- 要測驗考生是否理解發話者所說的「何のために」的語氣。
- 在此對話中，「何のために」是表示「責怪對方」的意思。

7 番—3

男 そんなことするなんて、親の気持ちも少しは考えろよ。

女 1 そうするべきだったのね。わからなかった。
　　2 やっぱりこれで正しかったのね。
　　3 こんなことして、ごめん。

中譯

男 竟然做出那種事，多少也要考慮父母親的心情吧。
女 1 現在才知道應該這樣做。我沒想到。
　　2 果然這樣才是對的吧？
　　3 我做出這種事，真是對不起。

解析

- 少しは考えろ（多少要考慮吧）

8 番—2

女 こんなに早くこのプロジェクトが終わるなんて、思いもしなかった。

男 1 それは大変だよね。頑張って。

2 よかったね。

3 思ったよりも遅かったよね。

中譯

女 我從來就沒有想過，這個計畫會這麼快就結束。

男 1 很不容易吧？加油。

2 太好了。

3 比想像中的還慢呢。

解析

● 思いもしなかった（沒想過）

9 番—2

男 さすが部長だよね。言うことが違うなあ。

女 1 さすがだよね。全く役に立たない人よね。

2 そうよね。すごいわ。

3 でたらめばっかり言ってる。だめな人。

中譯

男 不愧是部長啊。說的話就是不一樣。

女 1 真不愧是啊！真是一個完全幫不上忙的人啊。

2 對啊，好厲害啊。

3 滿嘴胡言亂語，真是個無可救藥的人。

解析

● でたらめ（胡説八道）

10 番—3

女 張り切って昨日から準備してたのに、相手がいきなりキャンセルするなんて…

男 1 あまり張り切っちゃだめだよ。

2 よかったね。

3 それは残念だね。

中譯

女 我幹勁十足從昨天就準備了，沒想到對方竟然突然取消了…

男 1 你不要太幹勁十足。

2 真是太好了。

3 那真是太遺憾了。

解析

● 張り切って（幹勁十足）

● いきなり（突然）

難題原因

● 屬於很自然的日語對話，必須聯想到發話者後面所説的「なんて」的語氣是什麼，才能做出正確的回應。

● 在此對話中，「なんて」是表示「遺憾、可惜」的意思。

11 番—3

男 おかしいなあ。武本君、5時には来るって

聴解

言ってたのに。

女1 1 怪しいよね。変だと思う。

2 彼が5時に来るなんておかしいよ。

3 もうとっくに5時なんて過ぎてるのに。

中譯

男 真是奇怪了。武本明明説5點要來的。

女1 1 真可疑啊。我覺得很奇怪。

2 他5點就來是一件奇怪的事。

3 早就過了5點了。

解析

● とっくに（早就、老早）

5

【1番、2番】

1番—1

姉妹とお父さんが話しています。

男 今日はね、駅前のパン屋が特売でね。ケーキ買ってきたんだよ。

女1 この頃ケーキ食べてなかったんだ。

女2 私いらない。

男 またダイエット中か。このぐらい食べて

も全然関係ないよ。これ食べても、晩御飯抜けばいいんじゃない？

女1 そうよ。それに、お姉ちゃん痩せてるんだから、これ以上痩せる必要あるの？

女2 あるわよ。このおなかどうにかしないと。

女1 私がお母さんに晩御飯いらないって言っておくわ。

男 せっかく買ってきたんだからさあ。

女2 わかった。

女1 じゃ、私が言っておくね。

女2 うん。

姉はどうすることに決めましたか。

1 ダイエット中なので、今晩晩御飯を食べない。

2 妹にケーキを食べてもらう。

3 ケーキは食べないが、今晩晩御飯は食べる。

4 妹に晩御飯を食べてもらう。

解析

● ダイエット中（減肥中）

● このぐらい（這一點點）

● 晩御飯抜けばいいんじゃない（晚餐不吃不就好了）

● このおなかどうにかしないと（這個肚子一定要想辦法解決掉）

2番—2

三人の大学生がキャンプのことについて話しています。

男1 キャンプに何もって行く？

男2 鍋、懐中電灯、テント、炭。

男1 鍋と炭はいらないでしょう。鍋はキャンプ場で借りれるし、炭は売ってるから。

男2 じゃ、あと毛布も持って行かないとね。

女 毛布はいらないわ。私が寝袋3つ持ってくる。

男1 あと、米持って行かないと。米は俺が持っていく。その他のものは、雄司のうちにあるかな。

男2 あるある。

男1 じゃ、たのんだよ。

男2 わかった。

雄司君は、何を持っていきますか。

1 米と炭を持って行く。
2 テントと懐中電灯を持っていく。
3 懐中電灯と炭とテントを持っていく。
4 鍋と懐中電灯を持っていく。

解析

● キャンプ（露營）

● 懐中電灯（手電筒）
● テント（帳篷）
● 寝袋（睡袋）

難題原因

● 聽解全文有很多零碎的內容，例如對話人物各自分析了哪些需要帶的東西？哪些不需要帶的東西。要隨時記下所有細節。
● 要注意題目問的是其中一個人要帶的東西，所以要仔細確認再作答。

【3番】

3番—3、1

テレビで整理についての話をしています。

女1 部屋の整理は、簡単なようで難しいものです。今日は、簡単にできる整理のコツを紹介しましょう。まずは、手の届くところに何でも置いておくのをやめましょう。また、床の上に物を置くのをやめましょう。何かを床に置きたいときは、必ず箱か何かに入れるようにしましょう。また、部屋に植物を置きましょう。人間は、植物を置いた周りにはあまり物を散らかさない傾向があります。また、2年

聴解

使わなかったものは、捨てましょう。こ
れらのことを実行すれば、部屋はとても
きれいになります。また、家具によって
部屋の中の動ける範囲が制限されないよ
うにしましょう。部屋の中の動ける範囲
が狭くなると、その動ける範囲だけに物
が集中する傾向があります。

男 テレビで役に立つこと言ってるよ。君の
部屋も、整理しないとね。これじゃゴミ
捨て場だよ。まずこれ、服をそのまま床
に置いちゃだめだよ。

女2 そうね。何とかしないと。

男 このランニングマシン、すごいほこりだ
ね。何年使ってないの？

女2 4年ぐらいかな。

男 この家具邪魔だね。

女2 そうだね。じゃ、この植物を移動させ
て、ここに置いたらいいかも。

男 それから、ベッドの周りにいろんなもの
があるね。

女2 寝たまま何でも手が届くと便利だから
ね。

質問1 ランニングマシンは、どうするといい
ですか。

質問2 女の人の部屋を整理するために、何
をしなければなりませんか。

解析

- 簡単なようで難しいものです（好像很簡單，其實很難）
- コツ（秘訣）
- 手の届くところ（隨手可碰到的地方）
- 散らかさない傾向があります（不會亂放的傾向）
- 動ける範囲が制限されないようにしましょう（不要讓可以移動的範圍被限制）
- 役に立つ（有用、有幫助）
- ゴミ捨て場（垃圾場）
- 何とかしないと（必須想些辦法）
- ランニングマシン（跑步機）
- 邪魔（佔空間）

難題原因

- 問題看似簡單，但是聽完全文後要去分析到底什麼東西要如何處置、什麼東西應該要放哪裡，一定要邊聽邊筆記，才能在聽完題目時找到相關的答題線索。
- 對話中的女性必須做兩件事情：
  (1) 整理隨意亂丟在地上的衣服。
  (2) 丟掉已經4年沒用的跑步機。
- 由於問題2的4個選項沒有和跑步機相關的內容，如果要整理衣服的話必須去買箱子來裝，所以答案是選項1。

4 | 模擬試題 正解 & 解析

言語知識（文字・語彙・文法）● 読解

1

① 3 納める——おさめる

② 2 溺れ——おぼれ

③ 3 卸す——おろす

④ 2 書留——かきとめ

⑤ 1 過剰——かじょう

難題原因

①：屬於高級日語的字彙，可能很多人不知道如何發音，但這是一定要會的字。

③：屬於高級日語的字彙，除了日常生活使用之外，也常見於商業日語。

2

⑥ 2 それは、彼ならあり得る。
他的話，有可能會做出這種事。

⑦ 3 最近、お変わりありませんか。
最近別來無恙吧？

⑧ 4 屋上から富士山が見える。
從屋頂上可以看到富士山。

⑨ 4 その説明は却ってわかりにくい。
那種説明反而不容易理解。

⑩ 2 お金を貸してください。
請借我錢。

難題原因

⑨：屬於高級日語的字彙，可能很多人不知道漢字的寫法，但這是一定要會的字。

⑩：許多人會混淆「借りる」（かりる）和「貸す」（かす）。中文的「我借給別人」、「別人借給我」都使用「借」這個字。但日文「借出」要使用「貸す」，「借入」要使用「借りる」。

3

⑪ 4
1 壞趣味：（無此字）
2 没趣味：沒有任何休閒嗜好
3 滅趣味：（無此字）
4 悪趣味：沒品味

⑫ 1
1 取引先：客戶、顧客
2 取引上：（無此字）
3 取引対：（無此字）
4 取引中：交易中

⑬ 3
1 髪一重：（無此字）
2 神一重：（無此字）
3 紙一重：只差一點點
4 上一重：（無此字）

⑭ 2
1 有造作：（無此字）
2 無造作：隨隨便便、草率
3 上造作：（無此字）
4 非造作：（無此字）

⑮ 3
1 度外感：（無此字）
2 度外看：（無此字）
3 度外視：無視
4 度外化：（無此字）

言語知識（文字・語彙・文法）● 読解

難題原因

説明：

● 請參考：第 1 回解析，此題型「難題原因」的「説明」（P4）。

⑪：

● 「悪趣味」是一個字彙，是日語中非常普遍的用法。

● 選項 2 是陷阱，雖然具備「沒有⋯」的意思，但是「没趣味」的意思是「沒有任何休閒嗜好」，和前後句意不合。

⑭：「無造作」是一個字彙，是日語中非常普遍的用法。

4

⑯ **4**
1 意見
2 心情
3 事務
4 心情；機嫌をとる：討好、取悅

⑰ **3**
1 蠕動
2 不知所措
3 横行霸道
4 猶豫

⑱ **2**
1 潮流
2 時髦
3 好感
4 麻煩

⑲ **3**
1 もさもさ：生長雜亂的樣子
2 がさがさ：乾燥、粗糙
3 ふさふさ：濃密
4 べたべた：黏糊糊

⑳ **3**
1 決算、結算
2 支出
3 帳款
4 還債

㉑ **4**
1 告白、表白
2 認真
3 密會、幽會
4 亂搞男女關係

㉒ **2**
1 コソコソ：偷偷摸摸
2 コツコツ：埋頭苦幹
3 ポンポン：丟擲很輕的東西的聲音
4 トントン：輕輕拍打發出的咚咚聲

難題原因

説明：

● 請參考：第 1 回解析，此題型「難題原因」的「説明」（P5）。

⑯：選項 1 和選項 4 都有「心情」的含意，但是「機嫌をとる」（討好、取悅）是慣用説法，必須知道這個用法才能正確答答。

⑲：屬於「擬聲擬態語」的考題，4 個選項中必須掌握較多選項，才較有可能答對。

5

㉓ **2** もめて ── 爭執
1 討論
2 爭論
3 共同努力
4 分開

㉔ **1** なめて ── 看輕
1 小看
2 看重
3 珍惜
4 做得很好

㉕ **2** ソックリ ── 長得很像
1 尊敬
2 很相似

3　失望
4　關係不好

㉖　2　みっともない —— 丟臉的
1　出色的
2　丟臉
3　笨蛋
4　有名的

㉗　1　つながり —— 關係
1　人脈
2　知識
3　興趣
4　憧憬

難題原因

㉔㉖：屬於高級日語的字彙，可能很多人不知道正確的意思和用法。

7

6

㉘　1　口実 —— 藉口
政客以招待費這種藉口，光吃高價食物。

㉙　4　御免 —— 不願意
不願意再去那種店。

㉚　4　姿勢 —— 態度
他盜用別人的點子，基本態度是不好的。

㉛　1　実は —— 事實上
她雖然自稱17歲，事實上是23歲。

㉜　3　意気込む —— 幹勁十足
因為是自己喜歡的工作，所以幹勁十足地做著。

難題原因

㉚：
● 「姿勢」（しせい）有兩種意思：姿勢、態度。
● 選項 1、2、3 的用法都不合邏輯。
● 「姿勢は良くない」是指「態度不好」的意思。

㉛：「実は」（じつは）經常被譯作「其實」，但正確的意思是「事實上、説老實話」，要特別注意其中的差異。

㉝　3　現在是希望他打出安打的時候。
1　て形＋あげたい時：（無此用法）
2　て形＋くれたい所：（無此用法）
3　て形＋ほしい所：希望別人做…的時候
4　て形＋飛ばしたい時：（無此用法）

㉞　2　有些文化會因為時代潮流被大家遺忘。
1　忘れさせてしまう：讓…遺忘
2　忘れられてしまう：被遺忘
3　忘れたくてしまう：（無此用法）
4　忘れないでしまう：（無此用法）

㉟　2　既然已經公開這樣表示了，不做都不行了。
1　やってもいけない：做也不行（不做也不行）
2　やらないといけない：必須做
3　やったりはいけない：（無此用法）

言語知識（文字・語彙・文法）● 読解

4 やったところでいけない：（無此用法）

③⑥ 4 **雖然讓步到這種程度，對方卻還是一點也不退讓。**
1 …から：因為…
2 …ているところで：無此用法（前面必須是た形）
3 …だけあって：足以…
4 …のに：雖然…卻

③⑦ 2 **現代的生活已經跟以前大不相同了。**
1 …のと重なっている：和…重複
2 …とは異なっている：和…不同
3 …のもののようである：像…一樣的東西
4 …のまま保存されている：照…樣子被保存著

③⑧ 3 **公司幫我預約了飯店。**
1 予約してあげた：幫別人預約了
2 予約してもらった：請別人預約了
3 予約してくれた：幫我預約了
4 予約させてあげた：允許別人預約了

③⑨ 3 **我不想牽扯進無聊的事件當中，所以抽身了。**
1 かかわりあいたいので：（無此用法）
2 かかわっていたいので：因為想要牽扯著
3 かかわりたくないので：因為不想牽扯
4 かかわらずにいられないので：因為不得不牽扯

④⓪ 3 **父母不讓我上大學，所以我自己賺學費。**
1 行きたくない：不想去
2 行かせてあげない：不讓別人去

3 行かせてくれない：不讓我去
4 行ってあげられない：不能幫別人去

④① 2 **這是到目前為止最辛苦的工作。**
1 今から：從現在開始
2 今まで：目前為止
3 今にも：馬上
4 今さえ：連現在

④② 4 **豐臣秀吉出身農家，因為統一天下而廣為人知。**
1 …ことを知っている：知道…事情
2 …ことが知っている：（無此用法）
3 …ことに知られている：（無此用法）
4 AはBで知られている：A因為B而廣為人知

④③ 4 **我和部長建立了親密的關係。**
1 …と親しんでいます：無此用法（「親しんでいます」前面的助詞必須用「に」）
2 …と親しまれています：無此用法（「親しまれています」前面的助詞必須用「に」）
3 …と親しくされています：無此用法（「親しくされています」前面的助詞必須用「に」）
4 …と親しくさせていただいています：「和…親近」的禮貌説法

④④ 2 **即使解決了那個，問題並不會不見。**
1 …がなくなるわけだ：因為…會不見
2 …がなくなるわけではない：…並不是會不見
3 …がなくなるということだ：據説…會不見
4 …がなくなるはすだ：…應該會

不見

難題原因

㉝：

● 必須理解「…所」的正確用法，在此是指「…時機」。

● 選項1「て形＋あげたい時」和選項2「て形＋くれたい所」都是干擾作答的陷阱。

㊷：「…は…で知られている」是固定用法，必須知道這一點才能正確作答。

㊸：「…させていただいています」是禮貌用法，是商業日語等正式場合的固定説法，不知道這種固定説法，就可能答錯。

8

㊺ 2 行列が <u>1 できているので</u> <u>3</u>
<u>この店の</u> ★ <u>2 料理が</u> <u>4 よっぽ</u>
<u>どおいしい</u> のだと想像した。

因為大排長龍，所以想像這家店的料理相當美味。

解析

● 行列ができている（大排長龍）

● この店の料理（這家店的料理）

● …がよっぽどおいしいのだと想像した（想像了…是相當美味的）

㊻ 3 あの有名女優は <u>2 ここに</u> <u>1</u>
<u>来ると</u> ★ <u>3 必ず</u> <u>4 この料理</u>
を注文するそうだ。

聽説那個有名的女演員一來這裡，就一定會點這道料理。

解析

● ここに来ると（一來到這裡就會…）

● 料理を注文する（點菜）

● 動詞常體＋そうだ（聽説…）

㊼ 1 百貨店で <u>4 開催中の</u> <u>2 美食</u>
<u>フェアに</u> ★ <u>1 うちの</u> <u>3 製品も</u>
出品している。

我們的產品也在百貨公司舉辦的美食展中亮相。

解析

● 開催中の美食フェア（舉辦中的美食展）

● うちの製品（我們的產品）

㊽ 4 以前から <u>4 会いたかった</u> ★ <u>3</u>
<u>人と</u> <u>1 面識を</u> <u>2 持つ</u> こと
ができた。

和以前就想認識的人得以相識。

解析

● 会いたかった人（想要認識的人）

● 面識を持つことができる（可以互相認識）

㊾ 1 この仕事は <u>3 大変だと</u> <u>1 覚</u>
<u>悟して</u> ★ <u>2 いたが</u> <u>4 思ったよ</u>
<u>り</u> 楽だった。

本來有所準備這個工作會很辛苦，結果卻比想像中的輕鬆。

解析

● …は大変だと覚悟する（有所準備…是會很辛苦的）

● 思ったより楽だった（比想像中輕鬆）

言語知識（文字・語彙・文法）・讀解

難題原因

(48)：「面識を持つ」（互相認識）是屬於高級日語的詞彙用法，必須知道這個詞彙才能作答。

(49)：

- 要知道「覚悟する」（有所準備）和「思ったより…」（比想像中…）這兩個詞彙的意思才能正確作答。
- 從句尾的「楽だった」可以推斷前面應該放入「思ったより」。
- 剩下的三個選項中，要知道「覚悟して」後面應該接續「いたが」；「大変だと」後面應該要接續動詞。

9

(50) 2
1 寸暇：片刻
2 寸分：一點點
3 寸鉄：寸鐵
4 寸志：自己的信念（謙虛的說法）

(51) 2
1 所謂：所謂
2 所詮：反正
3 全然：完全
4 必然：必然

(52) 3
1 鑑賞：欣賞 / 美観：美觀
2 値段：價格 / 性能：性能
3 実用：實用 / 耐用：耐用
4 賛成：贊成 / 賛同：贊同

(53) 1
1 実際に：實際上
2 完全に：完全地
3 本当は：說老實話
4 錯覚で：因為錯覺

(54) 4
1 ちぐはぐ：不搭配
2 まぜこぜ：混雜
3 あやふや：含糊
4 でこぼこ感：不平均的感覺

難題原因

(52)：

- 無法一眼就看出哪一個選項才是正確的，必須從前後文去推敲答案。
- 選項 1、2、3 的答案看起來好像都正確，但是選項 2 空格 a 的答案「値段」不吻合句意。選項 3 的答案與前後文較為連貫。

10

(1)

(55) 2 **大概沒有這種東西，就算有也派不上用場。**

題目中譯 作者對於超能力有什麼看法？

(2)

(56) 2 **因為父母親的變化會遺傳給孩子。**

題目中譯 以下何者是作者對進化論持肯定看法的適當題材？

(3)

(57) 2 **卡車在公車後面等候著。**

題目中譯 可以從真奈的談話中得知的內容，以下何者是錯誤的？

(4)

(58) 2 **因為星期日的氣氛完全不同。**

題目中譯 為什麼無法在星期日下午體會到平日下午的感覺？

(5)

(59) 4 **重視和孩子在一起的時間。**

題目中譯 一起度過愉快的暑假是指什麼事情？

難題原因

(57)：

- 必須從文章中的零碎細節去整合資訊。
- 選項 3 的內容必須從「実はもう着いてるの。」和「この道を抜けると、すぐそこだから。」這兩個部分去判斷正確與否。

11

(1)

(60) 3 **因為各自有不同的用途。**

題目中譯 ①紙偶戲和租書店到現在都還存在著，原因是什麼？

(61) 2 **因為不需要看畫面很方便。**

題目中譯 ②收音機沒有消失不見，原因是什麼？

(62) 4 **因為沒有例子顯示，老式的東西會完全消失。**

題目中譯 作者認為電視不會消失的原因是什麼？

(2)

(63) 3 **盡全力和勝敗未必有關係。**

題目中譯 所謂的①不能和結果的勝負劃上等號，這句話是什麼意思？

(64) 4 **因為對方比自己的實力強很多。**

題目中譯 為什麼會說②在許多場合當中，容易使出全力的很明顯的是實力比較弱的隊伍？

(65) 1 **不管勝負，盡全力去做。**

題目中譯 作者所說的運動的意義是指什麼？

(3)

(66) 3 **把行李送到對方家之後。**

題目中譯 作者是在什麼地方聽到對方說①「年輕真好啊」？

(67) 4 **妳比我有更多的可能性。**

題目中譯 ①「年輕真好啊」這句話換句話說是什麼意思？

(68) 3 **和我相較之下，妳有可能過更美好的人生。**

題目中譯 所謂的②被別人羨慕的是人生未知的部分，是指什麼樣的心境？

難題原因

(62)：

- 屬於閱讀全文後，是否有能力歸納、並正確掌握作者想表達的重點的考題，閱讀力和理解力都要好，才有可能答對。
- 作者想表達的是「因為紙偶戲、收音機之類的老式東西依然存在，所以電視機也不會消失」。

(65)：

- 屬於閱讀全文後，是否有能力歸納、並正確掌握作者想表達的重點的考題，閱讀力和理解力都要好，才有可能答對。
- 作者想表達的是「即使輸掉比賽，有盡全力去做才是最重要的」。

(68)：

- 屬於閱讀全文後，是否有能力歸納、並正確掌握作者想表達的重點的考題，閱讀力和理解力都要好，才有可能答對。
- 文章中提到的「その未知の部分」指的是「明天還未發生的事情」，對未知的事情感到羨慕是因為對方有可能會擁有更美好的人生，而自己的人生已經大致底定。

言語知識（文字・語彙・文法）• 読解

12 ⑥⑨ **1** 認為是沒有誠意的人。

> 題目中譯 假設A傳簡訊給B，B的反應會是以下哪一種？

⑦⓪ **1** 直接傳達自己的感覺。

> 題目中譯 假設A對B有意，怎麼做才最有效果？

難題原因

⑥⑨：

- 必須仔細閱讀兩篇文章，從中整理歸納雙方意見才能作答。
- 從 A 的回答中，可以知道這個女生是會耍小伎倆的人。
- 從 B 的回答中，則可以知道這個男生討厭會耍小伎倆的人。
- 所以如果 A 的女生傳簡訊給男生，可能會故意不要馬上傳簡訊、讓對方等著，這會讓 B 的男生覺得對方沒有誠意。

13 ⑦① **2** 被交代不要看書卻還是要看。

> 題目中譯 以下何者是①學生不笨，是作法笨的具體實例？

⑦② **1** 變成和以前截然不同的東西。

> 題目中譯 文章提到，②這是「進化」和「進步」的差異，作者所説的進化是什麼意思？

⑦③ **4** 因為即便是現在最新的方法，也一定有變舊的時候。

> 題目中譯 為什麼會説③如果要尋求進化，那麼就要有隨時拋棄現有事物的覺悟？

難題原因

⑦①：

- 文章舉出很多實例，必須仔細閱讀才能分辨哪一個例子是題目所問的。
- 答題線索在「例えば私が「字〜たち」である。」這個部分。

⑦③：

- 必須清楚掌握整篇文章作者的主張。
- 整篇文章不斷出現「必須捨棄變舊的東西，並以新東西來替換」這種觀念，即為作者想要表達的主張。

14 ⑦④ **4** 填寫專用的匯款單。

> 題目中譯 在郵局申請的話，需要哪一種手續？

⑦⑤ **4** 遇到自然災害的參加者等同通過預賽。

> 題目中譯 如果發生自然災害的話，比賽會有什麼改變？

聴解

1

1番——1

おんな ひと
女の人が、バイク屋の店員と話しています。
バイク屋の店員は、何を修理しますか。

女 最近、下からオイルが漏れてるんですよ。

男 これですか。

女 それと、このブレーキ直してください。

男 これは壊れているんじゃないですね。調
整しておきます。

女 オイル漏れ、すぐ直せますか。

男 オイル漏れを直すと、お金と時間がかかり
ますよ。この車、もう古いんですから、
直す必要もないと思います。オイルを普
通より早く交換していれば大丈夫です
よ。それよりも、このギヤのほうを交換す
るほうが大切だと思います。このままだと
まずいですよ。

女 でしたら、そっちのほうの修理をお願い
します。それとオイルの交換もお願いしま
す。

バイク屋の店員は、何を修理しますか。

解析

● オイルが漏れてる（漏油）
● ブレーキ（剎車）
● 普通より早く交換していれば大丈夫ですよ（比平常早一點更換的話就沒問題）
● ギヤ（齒輪）

難題原因

● 文中會聽到許多機車零件用語，會讓人誤以為與答題直接相關，反而分散注意力，忽略了其他內容。
● 雖然不需要聽懂所有機車零件用語，但此題的關鍵是女性最後所說的「でしたら、そっちのほうの修理をお願いします。それとオイルの交換もお願いします。」，表示她要更換男性所建議的齒輪和機油。

2番——2

ふたり だいがくせい はな
二人の大学生が話しています。男の人は、ど
の会社に決めましたか。

女 就職活動の調子はどう？

男 四社から内定もらったよ。大企業のA
社とB社、中ぐらいの企業のC社、小
さい企業のD社。でも、A社は親戚が取
締役やっていて働きにくいから、やめて
おこうかなと。

女 小さい企業は不安定で、いつ会社が倒れ
るか不安だよね。大きい企業は、給料
もよくて安定してるけど、忙しくて大変
だよね。

聴解

男 真ん中とって 中 ぐらいがいいかな。

女 中 ぐらいの企業は、給 料 もそこそこ、安定してるようなしてないような。

男 だったら、きつくてもいいから、給 料 たくさんもらえるところにするよ。

男 の人は、どの会社に決めましたか。

解析
- 内定もらった（（工作）得到内定）
- 中ぐらい（中型）
- 親戚が取締役やっていて（有親戚在擔任董事）
- 真ん中とって中ぐらいがいいかな（取兩者中間的話中型企業不錯吧）
- そこそこ（一般）
- 安定してるようなしてないような（看起來好像安定又好像不安定）

3 番—4

二人の 女 の人が買い物の 順 番について話しています。二人はどの 順 番に行きますか。

女1 まずどこ行く？

女2 スーパー早く行かないと、特価の刺身がなくなるわ。

女1 そうだね。最優先だね。それから、文具店も早く行かないと、閉まっちゃうよ。

女2 文具店の閉店は、8時だよ。時間まだまだあるから、その前に駅前の雑貨店に行こうよ。スーパーの近くだから。

女1 ちょっと待って、その前に自転車のパンク 修 理しないと出かけられない。

女2 そうだった。忘れてた。自転車屋行こう。その次がスーパーね。

女1 そうだね。

二人はどの 順 番に行きますか。

解析
- 閉まっちゃうよ（要關店了喔）
- 時間まだまだある（還有時間）
- パンク修理しないと出かれられない（不修理爆胎的話就無法出門）

4 番—3

男 の人と 女 の人が話しています。 女 の人は、男 の人をどの店に連れていきますか。

女 今日は 私 がおごるわ。何食べに行く？

男 イタ飯。

女 イタ飯って何よ。板前の作る日本 料 理？

男 いや、イタリア 料 理。

女 この前も食べたじゃない。今回は、無国籍 料 理でどう。

男 だめだよ。高すぎるよ。インド 料 理にしよう。安い食べ放題のがあるんだよ。

女 そこ、友達と行ったことあるわ。それだったら、三橋大学の近くにあるタイ 料 理の

ほうがいいかも。

男 そこまずいって話だよ。それだったら、
イタ飯のほうがいいよ。

女 わかったわ。じゃ、そうするわ。

女の人は、男の人をどの店に連れていきま
すか。

[解析]
● イタ飯（義大利菜）
● 板前（日本菜的廚師）
● イタリア（義大利）
● 無国籍料理（無國籍料理）
● 食べ放題（吃到飽）
● そこまずいって話だよ（聽説那裡很難吃喔）

5 番──2

教室で男の子と女の子が話しています。
女の子は、どれをどんな順番で使います
か。

女 壁新聞のことでちょっと聞きたいんだけ
ど。

男 何？

女 字は何で書くのがいいかな。鉛筆でいいか
な。

男 太くて遠くからもよく見える油性ペンがい
いよ。でも、油性ペンで書いて失敗するの
が心配なら、先に鉛筆で書くといいと思

うよ。

女 それから、紙ははさみで切るのがいいか
な。

男 はさみで切ったら、まっすぐになりにくい
よね。カッターで切ったほうが、まっすぐ
になるよ。ものさしで線を引いて、それか
ら切るといいよ。まず紙を切って、それか
ら字を書いてね。

女 わかった。そうする。

女の子は、どれをどんな順番で使います
か。

[解析]
● 壁新聞（壁報）
● 油性ペン（油性筆）
● まっすぐになりにくい（很難剪出直的線條）
● カッター（美工刀）
● ものさし（尺）

[難題原因]
● 答題的關鍵線索分散在全部的文章之中，要仔細聆聽各個細節並一一記錄下來。
● 由於此題是有圖題，所以聆聽時一定要配合圖片作筆記。
● 男性最後所説的「まず紙を切って、それから字を書いてね。」是答題關鍵，女性應該先用尺和美工刀裁紙，再用鉛筆和油性筆寫字。

聴解

2

1番—3

店員とお客が話しています。お客は、なぜこのスマートフォンにしましたか。

女 この新型のスマートフォンとこの旧型のは、どちらが電池の持ちがいいですか。

男 旧型のほうが、いいですよ。

女 電池の持ちは、全然違うんですか。

男 ええ、全然違います。

女 どっちのほうが使いやすいですか。

男 どっちが使いやすいかというのは、答えるのが難しいですね。旧型のほうが画面の字が大きくて見やすいです。でも、新型のほうが画面の色がきれいです。

女 どっちのほうが評判がいいですか。

男 旧型のほうは、機械の反応が鈍いのであまり評判がよくありませんでした。でも新型では、だいぶ改善されています。

女 私は電池の持ち以外は、あまり気にしませんから、こっちにします。

男 わかりました。

お客は、なぜこのスマートフォンにしましたか。

解析
- スマートフォン（智慧型手機）
- 電池の持ち（電池持久力）
- 使いやすい（好用）
- 評判（評價）
- 鈍い（遲鈍）
- だいぶ改善されています（被改善了很多）
- あまり気にしません（不太在意）

2番—3

二人の会社員が話しています。男の人は、どうして忘年会に行きませんでしたか。

女 どうして昨日の忘年会には来なかったんですか。

男 どうしても抜けられない付き合いがあってね。取引先の社長が、是非君もパーティーに来いって言うから、行かないわけにはいかなかったんだ。

女 大変ですね。

男 いつもいろんなものを買ってもらってるしね。あそこの部長とは、ゴルフの友達もあるし。

女 顔が広いですね。

男 あそこの部長は、いつも私をうちに招待してくれるんだ。

女 そんなに親しくしてくれる人がいるなんて、うらやましいです。

男の人は、どうして忘年会に行きませんでしたか。

解析

- 忘年会（尾牙）
- どうしても抜けられない付き合いがあって（有無論如何都無法逃掉的約會）
- 行かないわけにはいかなかったんだ（不能不去）
- いつもいろんなものを買ってもらってるしね（因為對方平常買了我們公司各種東西）
- 顔が広い（人面很廣）
- 親しくしてくれる人（親密交往的人）
- うらやましい（令人羨慕的）

3番—1

二人の学生が話しています。男の人は、どの会社に決めましたか。

女 就職活動、もう内定取れた？

男 A社とB社とC社。A社は中規模の企業、B社は有名な大企業、C社はできたばかりの小さい企業。大企業は疲れそうだから行きたくないなあ。だから小さい企業がいいかもしれないなあ。

女 それは違うよ。大企業は大企業病というものがある場合が多いよ。

男 何それ？

女 会社が大きすぎて、すべての人を管理しきれないことよ。だから、けっこう楽だったりするんだ。

男 意外だなあ。小さい会社よりも楽だなんて。それ聞いて気が変わっちゃった。答えはもう出たよ。

男の人は、どの会社に決めましたか。

解析

- 内定とれた（（工作）能拿到内定）
- できたばかり（剛成立）
- 疲れそう（可能會很累）
- 大企業病（越大的公司越容易出現管理死角）
- 管理しきれない（不能充分管理）
- 気が変わっちゃった（改變心意了）

4番—4

夫婦がベッドを置くところについて話しています。二人は、なぜここにベッドを置くことにしましたか。

女 このベッド、どこに置こうか。

男 窓際なんていいんじゃないかな。

女 だめだめ。毎朝日に当たって、顔がしみだらけになるじゃない。

男 だったら、ドアのそばは？

女 廊下を歩く音とか聞こえて寝られないじゃない。

聴解

男 じゃ、部屋の真ん中は？

女 そんなとこ置いたら邪魔じゃない。

男 だったら、この隅は？

女 そこは、私が毎朝体操するところだからだめ。

男 だったら、置くとこないじゃない。

女 じゃ、体操するところを変えるから、そこでいいわ。

女の人は、なぜここにベッドを置くことにしましたか。

解析

● 窓際（窗戶旁邊）
● 日に当たって（曬到太陽）
● 顔がしみだらけになるじゃない（臉會長滿斑點不是嗎？）

難題原因

● 要注意題目問的是「為什麼選擇那個地點」，所以要仔細聆聽對話中所有細節，而且要能知道選項和所聽到的內容的差異。
● 針對男性建議的地點，女性反駁的理由如下：
  (1) 窓際（窗戶旁邊）：每天都會曬到太陽，臉部會長滿斑點。
  (2) ドアのそば（門旁邊）：聽到別人經過走廊的聲音會睡不著。
  (3) 部屋の真ん中（房間正中央）：會擋路。
  (4) 部屋の隅（房間角落）：沒有地方做體操。
● 因為兩人無法達成共識，最後女性針對其中一個建議妥協，必須聽到最後才能作答。
● 女性最後決定改變做體操的位置，選擇「房間角落」。

5 番—3

二人の会社員が話しています。なぜこの店が、忘年会の会場に選ばれましたか。

男 忘年会、どの店でやることに決まったの？

女 中華料理店慶安。

男 あの店、味は特においしいわけでもなく普通じゃん。せっかくなんだから、もっとおいしい店にしたら。

女 あの店、味は普通だけど、あの量からすると安いからいいの。

男 僕は不満だな。

女 高い店選ぶと、文句言う人がけっこういるのよ。

男 なるほど。不景気だから、みんな財布の口が堅くなってるんだね。じゃ、仕方ない。

なぜこの店が、忘年会の会場に選ばれましたか。

解析

● 味は特においしいわけでもなく普通じゃん（味道並不是特別好吃，很普通不是嗎？）
● せっかくなんだから（既然這麼難得）
● あの量からすると安いからいいの（因為從那個分量來看很便宜所以覺得不錯）
● 文句言う人がけっこういる（有很多抱怨的人）
● 財布の口が堅くなってる（開始省錢）

ないの。

男　そうか。

女の人は、どうして引っ越さなければなりませんか。

解析
- マンション（高級公寓）
- 裏の通り（後面的大馬路）
- 大変で大変で（非常麻煩）
- 針對女性提出兩點搬家理由，男性有提出其他意見：
  (1) 附近沒有超市很麻煩，但是下個月後面大馬路的超市會完工。
  (2) 附近卡拉OK店很吵，但只營業到這個月。
- 女性最後提出的契約到期不能延長期限才是搬家的主因。

難題原因
- 對話中出現很多與答題相關的因素，是混淆作答的陷阱，必須一一筆記分析。
- 答題的關鍵線索有 2 點：
  (1) あの店、味は普通だけど、あの量からすると安いからいいの（那家店雖然味道普通，因為從那個分量來看很便宜所以覺得不錯）
  (2) 不景気だから、みんな財布の口が堅くなってるんだね（因為不景氣，所以大家都開始省錢對吧）

6 番—3

二人の会社員が話しています。女の人は、どうして引っ越さなければなりませんか。

女　引っ越そうかと思ってるんだ。

男　どうして？きれいだし駐車場もついてるし、いいマンションだと思うけど。

女　でも、近くにスーパーがないでしょ。買い物が大変で大変で。

男　知らないの？裏の通りに来月スーパーができるんだよ。

女　知らなかった。でも、近くのカラオケ店がうるさいのも嫌なの。

男　あの店、今月で営業やめるらしいよ。これで、引っ越す理由なくなったよね。

女　でも、契約期間が今月までで、延長でき

3

1 番—2

テレビでコメンテーターが若者の雇用問題について話しています。

男　昔は会社に入ると、定年退職するまで同じ会社で働くのが普通でしたが、今の若者は、会社が気に入らないと2、3年で会社を変えます。今の若者はわがままで我慢ができないという人もいますが、問題があるのは若者の方だけでしょうか。

聴解

会社が若者に十分な給料や昇給の機会を与えていないので将来に失望してやめてしまうのだから、会社のほうが変わるべきだという意見もあり、私もそれを支持します。

コメンテーターは、この問題についてどう思っていますか。

1 この問題の原因は若者にある

2 この問題の原因は会社にある

3 若者が気まま勝手なことをしなければ問題はなくなる。

4 この問題は会社と若者の双方に原因がある。

解析
- コメンテーター（評論家）
- 気に入らない（不喜歡）
- わがまま（任性）
- 我慢ができない（無法忍耐）
- 昇給（升遷）
- 変わるべき（應該要做改變）
- 気まま（任性）

2番─2

レポーターが女の人にツアーについて聞いています。

男 こんにちは。この旅行社のご利用は、初めてでしょうか。

女 いいえ、よく来るんですよ。他の旅行社にないきめ細かな商品設定とか、社員の良心的な態度とかが気に入ってるんです。

男 そうですか。ここは顧客の満足度はいつも一位ですからね。

女 この前も、子供が熱を出したときに無料で日程変更に応じてくれましたし…お得意様なので、けっこう無理なこと言ってもやってくれるんですよ。今は新しい担当者になりましたが、前の担当者との付き合いは10年ぐらいになるんです。

男 でも、ここは値段設定はちょっと高めですね。

女 ええ、でもここで買うと、とても安心できるんですよ。小さな子供がいると、いろいろ心配なことが多いですから。ここ以外のところにはいきませんね。

女の人は、この旅行社についてどう思っていますか。

1 社員は小さな子供に対してもやさしい

2 サービスもよく付き合いも長く信頼がおける

3 値段が安くて親切だ

4 無理なことを言われるがサービスはいい

解析

● レポーター（採訪記者）

● きめ細か（仔細）

● 良心的な態度（有良心的態度）

● 熱を出した（發燒）

● 日程変更に応じてくれました（照我的要求變更日程）

● お得意様（老主顧）

● 高め（比較高）

● とても安心できる（可以非常放心）

3番—2

テレビで野球の選手が今年を振り返って話しています。

男 今年は精神的に辛いことも多い一年で、夏の時期には二軍に行き絶望も味わいました。それだけじゃなく、足の障害にも苦しみました。このまま引退しようかと思った時期もありましたが、手術を受け、一軍復帰のために毎日全力でトレーニングしました。その結果、一軍復帰を成し遂げました。自分にとっていい一年だったとは言えませんが、自分のテクニックを磨きなおすいい機会であり、それなりに得るものがありました。

この選手は今年はどんな年だったっと言っていますか。

1 一軍に上がれず、辛いことばかりの一年だった

2 二軍に行った時期もあったが、実りもあった

3 二軍に落ちて、最悪の年だった。

4 二軍で頑張れて、悪い年ではなかった。

解析

● 振り返って（回顧）

● 精神的（精神上的）

● 二軍（二線選手、候補選手）

● 絶望も味わいました（體驗到絶望的感覺）

● 足の障害（脚傷）

● 引退しよう（想要退出）

● 一軍復帰（重新當回職業隊員）

● トレーニングしました（訓練了）

● 成し遂げました（完成了）

● テクニック（技巧）

● 磨きなおす（重新磨練）

● それなりに（以某個標準來看）

● 実りもあった（也有收穫）

4番—2

二人の大学生が、車酔いについて話しています。

男 今日は車に酔わなかったな。酔い止めの薬が効いたんだな。よかった。

聴解

女 あ、あの薬、本当は薬じゃないんだよ。ただの砂糖水だったんだ。

男 だまされた。でも、本当に効いたよ。

女 薬を飲んだっていう安心感から酔わなかったのよ。酔うと思ってると本当に酔うけど、酔わないと思えば本当に酔わないってことよ。

男 気持ちの問題だね。酔わないと思えば酔わないんだね。

女 今度から、自分は絶対に酔わないと思えば大丈夫よ。

男 そうだね。

男の人は、この薬はなぜ効果があったと思っていますか。

1 よく効く薬だから

2 効くと思い込んでいたから。

3 自分は酔いにくいから。

4 騙されて酔い止めを飲んだから。

解析
- 車酔い（暈車）
- 酔い止めの薬（防止暈車、暈船的藥物）
- 酔わないと思えば本当に酔わない（覺得不會醉的話，就真的不會醉）
- 効くと思い込んでいた（自己認為會有效）
- 酔いにくい（不容易醉）

5 番—4

テレビでアナウンサーが、カプセルホテルに関する調査の結果を話しています。

女 みなさん、カプセルホテルを利用したことがありますか。最近どの世代でも、カプセルホテルの人気が高まっています。団塊の世代の方たちが高齢になり、高齢の方の利用者も増えています。若者からお年寄りまでを対象として調査したところ、「安くて利用しやすい」「サービスがいい」「好きな時間にチェックインできるところが多く便利だ」などの意見が出ました。

カプセルホテルの何についての調査ですか。

1 よく利用するカプセルホテルの種類

2 一番よくカプセルホテルを利用する世代

3 カプセルホテルの利用方法

4 利用する理由

解析
- アナウンサー（播報員）
- カプセルホテル（膠囊旅館）
- 団塊の世代（日本戰後出生的第一代。在1947年至1949年間日本戰後嬰兒潮出生、人口稠密的一代）
- チェックイン（登記入住）

3　請在週末之前回覆。

解析

● 考えておきます（考慮一下）
● 時間＋までに（在…時間之前）

難題原因

● 要測驗考生是否理解發話者所説的「考えておきます」的用法。
● 而且還要知道當對方説出這句話時，回應者通常會説出一個時間點，希望對方在該時間點之前給予回覆。

1 番—1

男　このことは、山田さんに黙っておいてね。
女　1　わかった。山田さんには言わない。
　　2　このことについて、山田さんは何も言わない。
　　3　山田さんはいつも黙ってるの。

中譯

男　這件事不要對山田先生説喔。
女　1　我知道了，我不會對山田先生説的。
　　2　關於這件事，山田先生什麼也不會説。
　　3　山田先生一向沉默。

解析

● 黙っておいてね（不要説出去）

2 番—3

男　この件については、考えておきます。
女　1　もう結論は出たんですか。
　　2　考えてくれないと困るんですが。
　　3　週末までに返事をください。

中譯

男　關於這件事，我會考慮一下。
女　1　已經有結論了嗎？
　　2　如果不願考慮的話就傷腦筋了。

3 番—1

女　ごめんください。
男　1　はい、ちょっと待ってください。
　　2　いいえ、気にしないでください。
　　3　いいえ、大丈夫ですよ。

中譯

女　不好意思，有人在嗎？
男　1　好的，請等一下。
　　2　哪裡，請別放在心上。
　　3　哪裡的話，沒關係的。

解析

● ごめんください（敲門時表示打擾的用語）

4 番—3

男　部屋に入るときはノックしてって言ってるでしょう。

聴解

女 1 ノックしちゃいけなかったの？

2 部屋に入っちゃいけなかったんだね。ごめん。

3 ごめん。忘れてた。

中譯

男 我說過進房間之前要先敲門對吧？

女 1 不能敲門嗎？

2 不能進房間對吧？對不起。

3 對不起，我忘記了。

難題原因

● 要測驗考生是否理解發話者所說的「って言ってるでしょう」的用法。

● 「って言ってるでしょう」是表示「我說好多次了，你到底知不知道啊？」，屬於責備對方的説法。

5 番—2

女 明日は確か、木村商事の課長さんが来る日でしたよね？

男 1 確かに来ましたよ。

2 ええ、確かそうだったはずです。

3 ええ、そうでした。

中譯

女 我記得明天是木村商事的課長要來的日子吧？

男 1 確實來過了喔。

2 是的，我記得應該是這樣。

3 是的，是這樣的。

難題原因

● 要測驗考生是否理解發話者所說的「でしたよね？」的用法。

● 「でしたよね？」是「針對忘掉的事情提出確認」的用法。

6 番—3

男 このことは、私が何とかするから、心配しないでください。

女 1 まあ、何とか言っておきます。

2 何とかかんとか言ってましたよ。

3 じゃ、頼みます。ありがとうございます。

中譯

男 關於這件事，我會想辦法的，請你不用擔心。

女 1 嗯，我會交代好的。

2 説這説那的，説了一堆。

3 那麼，就拜託你了。謝謝。

難題原因

● 要測驗考生是否理解發話者所說的「何とかする」的用法。

● 「何とかする」是表示「會想辦法去解決」的意思。

7 番—3

女 では、ここから後は、よろしくお願いしま

す。

男 1 ここから前も任せてもらいました。

2 じゃ、よろしくお願いします。

3 ええ、任せておいてください。

中譯

女 那麼,後續工作就拜託你了。

男 1 之前的部分也交給我了。

2 那麼,就拜託你了。

3 嗯,請交給我來做。

8 番—1

男 せっかくの休日なのに、うちにいるの?

女 1 そうだね。休日がもったいないよね。

2 そうだね。うちにいたほうがいいよね。

3 そうだね。せっかくだよね。

中譯

男 難得的休假日,你怎麼待在家裡呢?

女 1 是啊,真是浪費假日啊。

2 是啊,待在家裡比較好喔。

3 是啊,難得的機會喔。

解析

● せっかく(難得)

9 番—1

女 少しくらいくれたっていいじゃない。

男 1 だめ、全部僕のだよ。

2 少しくれるの?ありがとう。

3 そうだよ。少しくらいちょうだいよ。

中譯

女 給我一點有什麼關係?

男 1 不行,全部都是我的。

2 要給我一點嗎?謝謝。

3 是啊,給我一點嘛。

10 番—3

男 ひろちゃん、そろそろ出ないと間に合わないよ。

女 1 ごめんね。間に合わなくて。

2 そろそろ出かけてね。

3 そうね。じゃね。

中譯

男 小廣,再不出門的話,會來不及喔。

女 1 對不起,我沒趕上。

2 你差不多要出門了。

3 是啊,那我走囉。

11 番—1

女 今回のことは、彼に責任を取らせるべきです。

男 1 ええ。彼のせいでこうなったんですから。

2 ええ。彼にあやまるべきですよ。

聴解

3 ええ。彼がいなければ、成功しませんでしたから。

【中譯】

女 這次的事情，應該讓他負起責任。

男 1 對啊，都是他的緣故才會變成這樣。

2 對啊，應該向他道歉喔。

3 對啊，如果沒有他就不會成功了。

【解析】

● …に責任を取らせる（讓…負起責任）

● 名詞＋の＋せいで（因為…的緣故）

5

【1番、2番】

1番—4

三人の高校生がクラブのことで話しています。

男1 高志から電話だ。もしもし…うん…そう…うん…

男2 何て言ってるの？

男1 何でクラブ来ないのかって言ってる。部長が怒ってるって。

女 じゃ、行ったほうがいいんじゃない？

男1 行くと地獄だからね…

男2 何が地獄なの。

男1 今は新人が入ってくる時期で、新人の特訓がきついんだ。

女 新人じゃないんだから、健二は特訓しなくてもいいじゃない。

男1 上級生がやらないと、新人もやらないよ。やっぱり明日から行かないとな…

男2 そうだね。頑張って新人に見本を見せてやらないと。

部長はなぜ怒っていますか。

1 新人が真面目に練習しないから

2 新人がクラブに来ないから

3 高志がクラブに来ないから

4 健二がクラブに来ないから

【解析】

● クラブ（社團）

● 上級生（高年級學生）

● 新人に見本を見せてやらないと（必須做示範給新人看）

2番—3

三人の大学生が、旅行の計画について話しています。

女1 そろそろインド旅行のこと決めないと。

まずは日程<ruby>にってい</ruby>から。いつにする？

女2　<ruby>私</ruby>は<ruby>人</ruby>に<ruby>合</ruby>わせられるけど、<ruby>問題</ruby>は健<ruby>た</ruby>太よ。バイトが<ruby>忙</ruby>しいでしょ。

男　6月<ruby>がつ</ruby>の<ruby>真</ruby>ん<ruby>中</ruby>か7月<ruby>がつ</ruby>の<ruby>終</ruby>わりか8月<ruby>がつ</ruby>の<ruby>終</ruby>わりぐらいかな…お<ruby>客</ruby>が<ruby>少</ruby>ないのは。

女2　お<ruby>客</ruby>が<ruby>何</ruby>って？

男　<ruby>客</ruby>が<ruby>少</ruby>ないから<ruby>休</ruby>んでも<ruby>迷惑</ruby>かからないんだ。

女1　<ruby>私</ruby>は、6月<ruby>がつ</ruby>の<ruby>初</ruby>めか7月<ruby>がつ</ruby>の<ruby>終</ruby>わりか8月<ruby>がつ</ruby>の<ruby>真</ruby>ん<ruby>中</ruby>がいいな。

女2　じゃ、<ruby>二人</ruby>の<ruby>都合</ruby>が<ruby>合</ruby>うところでいいわ。

女1　<ruby>由美子</ruby>ちゃんは<ruby>希望</ruby>ないの？

女2　<ruby>特</ruby>にないわね。

男　これで<ruby>決</ruby>まりだね。

いつインドに<ruby>行</ruby>くことに<ruby>決</ruby>まりましたか。

1　7月<ruby>がつ</ruby>の<ruby>初</ruby>めにインドに<ruby>行</ruby>く。

2　8月<ruby>がつ</ruby>の<ruby>真</ruby>ん<ruby>中</ruby>にインドに<ruby>行</ruby>く。

3　7月<ruby>がつ</ruby>の<ruby>終</ruby>わりにインドに<ruby>行</ruby>く。

4　6月<ruby>がつ</ruby>の<ruby>終</ruby>わりにインドに<ruby>行</ruby>く。

解析
- 人に合わせられる（可以配合別人）
- 6月の真ん中（6月中）
- 休んでも迷惑かからない（即使休假也不會造成困擾）
- 二人の都合が合うところ（2個人都方便的時間）

難題原因

- 聽解全文提到很多日期，一定要隨時筆記每個人可以配合的時間才有辦法作答。
- 對話中的男性─建太可以旅行的時間是「6月中、7月底、8月底。
- 對話中的女性之一可以旅行的時間是「6月初、7月底、8月中」。
- 對話中的女性─由美子沒有特別要求的時間。
- 所以綜合三人可以互相配合的時間，決定7月底去旅行。

【3番<ruby>ばん</ruby>】

3番<ruby>ばん</ruby>─1、4

テレビで<ruby>車</ruby>の<ruby>選</ruby>び<ruby>方</ruby>について<ruby>話</ruby>しています。

男1　<ruby>車</ruby>の<ruby>選</ruby>び<ruby>方</ruby>ですが、<ruby>車</ruby>にお<ruby>金</ruby>を<ruby>使</ruby>いたくない<ruby>人</ruby>には、<ruby>軽自動車</ruby>がお<ruby>勧</ruby>めです。<ruby>自動車税</ruby>も<ruby>安</ruby>く、<ruby>燃費</ruby>もよく、<ruby>狭</ruby>いスペースに<ruby>駐車</ruby>できます。<ruby>欠点</ruby>は、4<ruby>人</ruby>しか<ruby>乗</ruby>れないことと、あまりスピードが<ruby>出</ruby>ないことです。<ruby>荷物</ruby>も<ruby>人</ruby>もたくさん<ruby>乗</ruby>せたいなら、ミニバンがお<ruby>勧</ruby>めです。<ruby>車内</ruby>が<ruby>広</ruby>いので、6<ruby>人</ruby><ruby>乗</ruby>れます。しかし、<ruby>大</ruby>きいのでそれなりに<ruby>燃料</ruby>を<ruby>使</ruby>います。<ruby>雪道</ruby>や<ruby>山道</ruby>を<ruby>走</ruby>るなら、SUVタイプで

聴解

す。しかし、このタイプの車はかなり高いです。

家族4人か5人でドライブするのが目的で、それなりにスピードが出る車がほしいなら、セダンがお勧めです。車内はとても静かで、家族で乗るならこのタイプが一番快適です。

男2 最近子供が生まれてね。そろそろ車がほしいと思っているんだ。でも、給料はあまりもらってないから、お金のかからないタイプの車がいいと思うんだ。

女 私も車ほしいの。私と夫と子供2人と夫の両親で出かけることが多いので、車があったら便利かなと思って。

質問1 男の人には、どのタイプの車がいいですか。

質問2 女の人には、どのタイプの車がいいですか。

解析
- 軽自動車（小型汽車）
- 自動車税（汽車税）
- 燃費（耗油量）
- 狭いスペース（狭小空間）
- ミニバン（小貨車）
- 大きいのでそれなりに燃料を使います。（因為車體較大，所以使用比較多的油）
- 雪道（積雪的道路）
- 山道（山路）

- ドライブ（兜風）
- それなりにスピードが出る車（以某個標準來看算是有速度的車子）
- セダン（轎車）

言語知識（文字・語彙・文法）● 読解

1

① 3 過失——かしつ

② 4 稼いだ——かせいだ

③ 2 揃った——そろった

④ 3 雑巾——ぞうきん

⑤ 1 素直——すなお

難題原因

③：「揃う」雖然是還沒到高級之前就學過的字彙，但有時會用平假名表現，可能很多人不知道漢字的寫法。

④：從漢字發音的角度，「雜巾」可能誤念成「ざつきん」、「ざっきん」。

2

⑥ 4 気持ちが落<small>お</small>ち着<small>つ</small>いた。
心情平靜下來了。

⑦ 2 あの大学はかなりの確率<small>かくりつ</small>で合格できます。
那所大學的錄取率相當高。

⑧ 4 いちかばちかに賭<small>か</small>けてみる。
聽天由命賭賭看。

⑨ 2 私の考<small>かんが</small>えは迂闊<small>うかつ</small>だった。
我的想法太無知了。

⑩ 1 食べ物を粗末<small>そまつ</small>にしてはいけません。
不可以浪費食物。

難題原因

⑨⑩：屬於高級日語的字彙，可能很多人不知道漢字的寫法，但這是一定要會的字。

3

⑪ 1
1 有望株：潛力股、明日之星
2 有望人：（無此字）
3 有望値：（無此字）
4 有望者：（無此字）

⑫ 4
1 半半可：（無此字）
2 白半可：（無此字）
3 中半可：（無此字）
4 生半可：不充分、不徹底

⑬ 4
1 無経験：（無此字）
2 没経験：（無此字）
3 非経験：（無此字）
4 未経験：沒有經驗

⑭ 3
1 典型性：（無此字）
2 典型型：（無此字）
3 典型的：典型的
4 典型物：（無此字）

⑮ 1
1 電話魔：愛講電話的人
2 電話鬼：（無此字）
3 電話狂：（無此字）
4 電話人：（無此字）

難題原因

說明：

● 請參考：第 1 回解析，此題型「難題原因」的「說明」（P4）。

⑪：

● 「有望株」是一個字彙，是日語中非常普遍的用法。

● 選項 2、4 是陷阱，雖然具備「…的人」的意思，但是和「有望」接續時，沒有任何含意。

言語知識（文字・語彙・文法）● 読解

⑭：
● 「典型的」是一個字彙，「名詞」＋「的」作為「な形容詞」，是日語中非常普遍的用法。

3　讓⋯做⋯
4　流出、使⋯流走

難題原因

說明：
● 請參考：第 1 回解析，此題型「難題原因」的「說明」（P5）。

⑯：
● 屬於「擬聲擬態語」的考題，4 個選項的「擬聲擬態語」都有難度。
● 選項 1、2、4 都帶有「搖晃」的意思，要特別注意其中的差異。

⑲：
● 屬於「擬聲擬態語」的考題，4 個選項的「擬聲擬態語」都有難度。
● 選項 1、2、4 都是形容「聲音」，要特別注意其中的差異。

4

⑯ 4　1　ふらふら：身體無力搖來搖去的樣子
　　　2　ぶらぶら：物品下垂搖晃的樣子
　　　3　くらくら：暈眩
　　　4　ぐらぐら：大力搖晃的樣子

⑰ 4　1　尊敬
　　　2　安心
　　　3　感嘆
　　　4　欽佩

⑱ 2　1　同意
　　　2　愛想が尽きる：討厭
　　　3　人情
　　　4　和別人接觸時的態度

⑲ 1　1　ぼそぼそ：小聲講話的聲音、嘰嘰喳喳的聲音
　　　2　かさかさ：沙沙的聲音
　　　3　ごちゃごちゃ：亂糟糟
　　　4　がんがん：鏘鄉的聲音

⑳ 1　1　切符を切られる：被開罰單
　　　2　頭髮
　　　3　衣服
　　　4　蘋果

㉑ 3　1　自己
　　　2　法律
　　　3　気味が悪い：令人不舒服的
　　　4　道德

㉒ 2　1　卸下（貨物）
　　　2　處理

5

㉓ 3　ぞんじて ── 知道
　　　1　尊敬
　　　2　見面
　　　3　知道
　　　4　看

㉔ 4　うさんくさい ── 可疑的
　　　1　有臭味
　　　2　有香味
　　　3　難吃的
　　　4　可疑的

㉕ 2　たびたび ── 屢次、常常
　　　1　極其偶爾
　　　2　常常
　　　3　只有一點點
　　　4　每天

㉖ 3　たまたま ── 偶然、碰巧

1　常常
2　那時
3　偶然
4　計畫

㉗　4　通りすがりのもの ── 路人
1　（無此字）
2　熟練的人
3　初學者
4　路人

㉔：「うさんくさい」是「怪しい」（可疑的）的意思，雖然字尾是「くさい」（臭），但卻沒有「臭」的意思。很多人容易誤解了這一點。

㉗：「通りすがり」是「偶爾經過」的意思，後面接續「の＋もの」則指「路人」。可能很多人不知道這一點。

㉛：屬於高級日語的字彙，通常作為名詞，意思是「裁判」。作為動詞時，意思是「審判」，常見用法為「…と審判した」，例如：「有罪と審判した」（審判為有罪）。

㉜：可能很多人不知道「請求」的正確意思和用法。如果依賴漢字判斷，更容易誤解「請求」（せいきゅう）的真正意思。

6　㉘　3　打ち込む ── 專心、全神貫注
馬上就要考試了，所以要專心念書。

㉙　1　定規 ── 尺
用尺畫筆直的線條。

㉚　4　承知 ── 答應
社長還不答應這件事。

㉛　3　審判 ── 裁判
裁判判定是安全上壘。

㉜　1　請求 ── 索取、要求付款
被索取尚未付款的瓦斯費。

7　㉝　1　為了提高運勢參拜了神明。
1　…を高める：提高…
2　…を高なる：（無此用法）
3　…を高くてために：（無此用法）
4　…を高くなる：無此用法（「高くなる」前面不能接續「を」）

㉞　1　只限今天，一個100日圓。
1　…にかぎり：只限…
2　…にむけて：朝向…
3　…にとって：對…而言
4　…にだけは：無此用法（「だけは」前面不能接續「に」）

㉟　2　以行雲流水般的動作把球打出去。
1　流すような：像沖東西一樣的
2　流れるような：像流動一樣的
3　流されるような：像被沖走一樣的
4　流されていくような：像被沖過去一樣的

㊱　2　天候可能不佳，請準備雨具。
1　考えている：正在考慮（前面的助詞必須是「を」）
2　…が考えられるので：因為可以想像到…
3　考えてみる：考慮看看
4　考えたことがある：曾經考慮過

言語知識（文字・語彙・文法）• 読解

㊲ **4** 暗地裡背叛信賴自己的人，難道你不認為這樣是不對的嗎？
1 悪いことなのだろうか：是一件壞事嗎？
2 悪いことではないのだろう：並不是壞事
3 悪いこととは思えない：不認為是壞事
4 悪いと思わないのだろうか：難道不認為是不對的嗎？

㊳ **1** 連通過英檢一級測驗的他也有看不懂的單字。
1 …でさえ：連…
2 …なので：因為…
3 …からも：（無此用法）
4 …である：是…

㊴ **3** 這個翻譯翻得亂七八糟。如果是專職的，不可能會翻出這樣的句子。
1 …になったはずだ：應該會變成了…
2 …にならないわけだ：難怪不會變成…
3 …になるはずがない：不可能會變成…
4 …になるわけだ：原來會變成…

㊵ **2** 秀吉雖然是農民出身，後來甚至取得了天下。
1 …までもなかった：沒必要…
2 …を取るまでになった：甚至變成取得…
3 …つもりになった：當作有做…
4 …とか言っていた：説了…之類的

㊶ **4** 受到他的鼓勵之後，覺得困難的事情也可以做到。
1 できる気がしなくなる：覺得做不到
2 できなくてもいい気がしてく

る：越來越覺得不會也沒關係
3 できない気がしてくる：越來越覺得做不到
4 できない気がしなくなる：覺得可以做到

㊷ **3** 雨持續下了一個星期。
1 …になって：變成…
2 ＡからＢにかけて：從Ａ到Ｂ
3 一週間にわたって：在一個星期內
4 …にかかって：涉及…

㊸ **3** 事情演變成這樣，心裡真的非常抱歉。
1 とても感謝しております：非常感謝
2 期待で胸が膨らみます：因為期待而滿懷喜悅
3 申し訳ない気持ちでいっぱいです：非常抱歉
4 大変よろこばしいかぎりです：非常高興

㊹ **1** 不同的意見很多，很難做決定，但最後還是決定了。
1 なかなか決められなかった：很難做決定，但最後還是決定了
2 決めなかった：不做決定
3 決めさせなかった：不讓別人決定
4 決めさせられなかった：沒有被迫要決定

> **難題原因**
>
> ㊷：
> ● 「（期間）＋にわたって」指「在某一段期間內」。
> ● 選項 2 是陷阱。許多人容易混淆「…にかけて」和「…にわたって」。

- 「…にかけて」的接續形式是：「（時間點1）＋から＋（時間點2）＋にかけて」，句子中要放兩個時間點，表示「在兩個時間點之間」。
- 例如：昨日の晩から今朝にかけて（昨晚到今天早上之間）
- ㊸：必須從前句「こんなことになって」判斷這是「發生這種遺憾事情」的意思和語感，才能從4個選項當中選出適合的用語。
- ㊹：選項2是陷阱。必須判斷「決められなかった」（選項1）和「決めなかった」（選項2）的差異，才能正確作答。

8

㊺ 3 ネクタイを　3 キチンと　1 締
めていないと　4 相手に　2 だ
らしない 印象を与える。

領帶沒繫好的話，就會給對方邋遢
的印象。

解析

- キチンと締めていないと（沒有繫好的話）
- 相手＋に＋名詞＋を＋与える（給對方…）
- だらしい印象を与える（給予邋遢的印象）

㊻ 3 これだけの　2 証拠では　1 犯
人が　3 彼だとは　4 断定 で
きない。

只有這個證據的話，不能斷定犯人
就是他。

解析

- これだけの証拠では（只有這個證據的話）
- 断定できない（無法斷定）

㊼ 1 なんとか　2 できないかと　1
考えて　4 みれば　3 色々と
方法はある。

試著思考是否有其他的辦法後，想
到各種方法。

解析

- なんとかできないか（設法看看有什麼可以做的）
- 動詞て形＋みれば（試著做…的話）
- 色々と方法はある（有各種方法）

㊽ 4 犬に　2 トイレを　1 しつける
のは　4 根気よく　3 教えない
と ダメだ。

要訓練小狗大小便必須要有耐心地
教導。

解析

- トイレをしつける（訓練寵物大小便）
- 動詞ない形＋と＋ダメだ（必須要…）

㊾ 3 今回は　2 外国人との　3 商談
なので　1 いつもとは　4 ちが
う ところが多々あった。

這一次是和外國人商談，所以很多
地方跟往常是不一樣的。

解析

- 名詞＋との商談（和…商談）

言語知識（文字・語彙・文法）・讀解

- いつもとはちがう（和往常不一樣）
- ちがうところが多々あった（有很多不一樣的地方）

難題原因

(47)：
- 要知道「なんとかする」（設法、想辦法）這個屬於高級日語程度的詞彙。
- 「なんとかできないか」是由「なんとかする」的可能形演變而來的。

(48)：
- 要知道「動詞ない形＋と＋ダメだ」（必須做…、不做…不行）的用法，才能推斷「ダメだ」前面可以填入有「動詞ない形」的「教えないと」。
- 上述文型的相似文型是：「動詞ない形＋と＋いけない」（必須做…、不做…不行）。

9

(50) 4
1 …であれば：如果是…的話
2 …ならば：如果是…的話
3 …だったら：如果是…的話
4 AであろうとBであろうと：不論是A或B

(51) 3
1 発狂：發狂 / 異常な：異常的
2 転売：轉賣 / 貧乏な：貧窮的
3 転職：轉職 / 平凡な：平凡的
4 感動：感動 / 非凡な：非凡的

(52) 2
1 不安定多数：（無此字）
2 不特定多数：不特定多數
3 無条件多数：（無此字）
4 無記名多数：（無此字）

(53) 1
1 手に入るようになった：變成可以入手了（成為自己的東西）
2 手をつけられるようになった：變成可以開始進行了
3 手に取れるようになった：變成可以拿在手上了
4 手を染める事ができるようになった：變成可以做壞事了

(54) 4
1 …できるので：因為能做到…
2 …していても：即使正在做…
3 …しないので：因為不做…
4 …しなくても：即使不做…也

難題原因

(53)：
- 4 個選項都是由名詞「手」衍生出來的慣用表達，必須先理解意思上的差異。
- 因為空格前方提到「誰もが自分の歌などを平等に発表できる反面」，所以可從這裡推敲出答案應該是要和這段敘述相對的內容。
- 選項 3 是陷阱，「手に取る」是「拿在手上」的意思，不是「變成自己的東西」的意思。

10

(1)

(55) 3 **有多元化的發展，感覺很棒。**

題目中譯 作者對日本的飲食文化有什麼感想？

(2)

(56) 1 **因為自行下定論，認為是不可能發生的事情。**

題目中譯 為什麼狗不會害怕，人卻會害怕？

(3)

(57) 4 **創意沒有獲得發展，就沒有機會被知道。**

題目中譯 為什麼作者評斷美國的作品比較厲害？

(4)

(58) 4 **因為和服會限制人的動作。**

題目中譯 為什麼會說「一穿上和服，行為舉止就會變美」？

(5)

(59) 3 **心志動搖，但是最後還是重視信用的人。**

題目中譯 作者評價的是哪一種人？

難題原因

(57)：

- 無法直接從文章中找出答案，必須從文章全體所要表達的重點去思考答案。
- 答題關鍵在於「せっかくのアイディアは、生かしたほうがすごいのだ」這個部分。

(59)：

- 閱讀後要能理解全文所要表達的重點是什麼才能選出正確答案。
- 答題關鍵在於「例え悩んでも最～こそ価値がある。」這個部分。

11

(1)

(60) 2 **本來應該不能吃的表演者其實在幕後都有吃東西。**

題目中譯 這裡的①「造假」是什麼意思？

(61) 4 **在節目中謹守規定，但是節目一結束，就另當別論了。**

題目中譯 所謂的②節目是節目，幕後是幕後，是什麼意思？

(62) 3 **電視上所呈現的內容並不代表所有的一切。**

題目中譯 作者想說的事情是什麼？

(2)

(63) 3 **以暫停模式觀看，隨意想像各種事情。**

題目中譯 所謂的①以這種方式來觀看我的作品，是指哪一種方式？

(64) 1 **發揮可以刺激觀眾想像力的演技時。**

題目中譯 作者什麼時候會有②身為女演員的無上光榮的感覺？

(65) 4 **因為想享受只屬於自己的世界。**

題目中譯 作者不和其他人一起看自己喜歡的連續劇或電影，除了不想造成麻煩之外，還有什麼理由？

(3)

(66) 1 **因為對學生的自治行為而言是沒有必要的。**

題目中譯 為什麼會說①（老師）不在比在好？

(67) 2 **激發學生的積極性。**

題目中譯 作者主張②「學生走進老師所在的研究室」，他的用意是什麼？

(68) 4 **學生想去上課的學校。**

題目中譯 作者建議的是什麼樣的學校？

難題原因

(61)：

- 屬於閱讀全文後，是否有能力歸納、並正確掌握作者想表達的重點的考題，閱讀力和理解力都要好，才有可能答對。
- 答題線索主要集中在「「負けたほうは食べられない～食べている」」這個部分。

言語知識（文字・語彙・文法）● 読解

65 :
- 屬於閱讀全文後，是否有能力歸納、並正確掌握作者想表達的重點的考題，閱讀力和理解力都要好，才有可能答對。
- 作者一個人觀看連續劇或電影是因為喜歡隨時暫停畫面，配合畫面隨意想像各種可能會發生的事情。

68 :
- 閱讀全文後，無法馬上判斷出正確答案，必須借助「刪去法」（先刪除錯誤選項）作答。
- 文章中並沒有提到和選項 1、2 的相關的內容。
- 選項 3 錯誤的原因在於並不是要由老師去主導學生的學校，而是要引出學生自主性的學校。

12　69　3　**因為想把嘴巴裡的細菌清除乾淨。**
題目中譯 A在早餐前刷牙的最大理由是什麼？

70　4　**很難說早餐前刷牙或早餐後刷牙哪一個比較好。**
題目中譯 以下何者是綜合A和B的說法後，可以判斷出來的？

13　71　2　**因為幾乎每個人都可以寫出自己最傑出的文章。**
題目中譯 為什麼①電腦普及之後，大部分的人都能寫出好文章？

72　1　**就算使用方便的道具，也敵不過有才能的人。**

題目中譯 ②當然，像我這樣的人就算使用再文明的利器也無法和人相比，這句話是什麼意思？

73　3　**寫文章時非常方便。**
題目中譯 作者如何評論電腦？

難題原因

72 :
- 不容易理解問題的重點，但是只要從依循問題的句子，即可在文章中找到答案。
- 答題線索在「便利な道具～オである。」這個部分。

14　74　4　**作文、書籍內文影本、本人的健保卡、學生證**
題目中譯 高中生要申請的話，需要什麼東西？

75　1　**類別 1 和類別 3**
題目中譯 如果小學 4 年級學生閱讀教科書裡的作品「Swimmy」，可以徵選哪個類別？

難題原因

75 :
- 必須仔細閱讀文章所提供的各種資訊，歸納整理後才能正確作答。
- 答題關鍵有兩點：
  (1) 小學 4 年級學生屬於「中学年」，所以類別 1、2、3、4 都可以徵選。
  (2) 課題圖書中沒有題目提到的「Swimmy」，所以歸類為「自由図書」。
- 從以上兩點可以推斷答案為選項 1「類別 1 和類別 3」。

聴解

1

1番——3

おんな
女 の人が電気店の店員と話しています。女
の人は、何を買いますか。

女 これとこれは何が違うんですか。

男 左 のは低音を 強 調 するボタンがありま
すが、そっちのはありません。でも、右の
は人の歌声がきれいに聞こえるボタンがあ
ります。どちらも、専用のサラウンドスピ
ーカーをつけることもできます。

女 値段はそれぞれいくらですか。

男 こっちのは１３２０００円、そっちのは
９９８００円になります。低音を 強 調
する機能が付いているほうが高いんです
よ。

女 １０万円を超えるのはちょっときついの
で、安いほうにします。で、サラウンドス
ピーカーもつけてください。

男 かしこまりました。

女 の人は、何を買いますか。

`解析`

* 低音を強調するボタン（強調低音的按鍵）
* 歌声がきれいに聞こえるボタン（歌聲能聽起來很悦耳的按鍵）
* サラウンドスピーカー（環繞喇叭）

`難題原因`

* 答題的關鍵線索分散在全部的文章之中，要仔細聆聽各個細節並一一記錄下來。
* 男性所説的「低音を強調する機能が付いているほうが高いんですよ。」（具備強調低音功能的比較貴喔）是影響女性選擇的關鍵，因為價格超過 10 萬日圓的音響對女性而言覺得有點吃不消，所以她選擇沒有強調低音功能的，也就是右邊的音響，並加買專用的環繞喇叭。

2番——2

女 の人が、旅行会社の人と話しています。
女 の人は、どのチケットに決めましたか。

女 １月２３日の台北行きの便は、まだあり
ますか。

男 どのチケットですか。

女 ３５２４０円のチケットです。

男 ありますよ。お帰りはいつにされますか。

女 １月２８日でお願いします。

男 その日はもうないんですよ。２９日でもよ
ろしいですか。

女 そうですか。６日より長くても短くても
困るんですよ。

聴解

男 ２０日か２４日の出発でしたらあります
よ。ただ、２０日は土曜日になるので、
６０００円増しになります。

女 でしたら、２０日出発のでお願いします。

男 かしこまりました。

女 の人は、どのチケットに決めましたか。

解析
● 便（航班）
● ６日より長くても短くても困るんですよ（比 6 天長或比 6 天短都很困擾耶）
● ６０００円増しになります（要多加 6000 日圓）

3 番—4

夫婦が話しています。男の人は、何を買いますか。

男 この白い靴と黒い靴、どっちがいいと思う？

女 黒のほうがかっこいいと思うよ。

男 でも僕のズボン、どれもベージュ色ばかりだから…

女 そうね。ベージュと黒はちょっと…

男 やっぱり白にしようかな。

女 だったら、白と黒どっちも買ったら。すごく安いんだから。それで、黒に合う色のズボンも１本買ったら。

男 そうだね。そうしよう。この灰色のズボンなんか、合いそうだ。

男 の人は、何を買いますか。

解析
● ズボン（西裝褲）
● ベージュ色（米色）

4 番—3

二人の会社員が話しています。男の人は、旅行に何日行きますか。

女 香港に何日行くの？

男 ４日にしようかと思ってるけど、仕事長く休むと、かなり文句言われるからね。だから、３日にしようかとも思ってる。

女 でも、せっかく行くんだから、長く行かないと損だしね。

男 問題は仕事だよ。

女 だったら、私が１日シフト代わってあげる。私のところ、仕事に出てよ。その代わり、私があなたのところに出てあげるよ。

男 助かるよ。それだと文句言われないと思うよ。これで決まりだ。

女 でもこれだと、私がもう１日代わってあ

げれば、もう1日長く行く事だってできる
わ。

男 そうだね。全然問題がないと思うから、
そうするよ。

男の人は、何日行きますか。

解析
- 文句言われる（被抱怨）
- 長く行かないと損だしね（不去久一點很吃虧耶）
- シフト代わってあげる（幫…代班）
- 私のところ、仕事に出てよ（我的部分你來做）
- これで決まりだ（就這樣決定）
- 男性原本想去 4 天，但是覺得工作請假太久會被別人抱怨，所以改成 3 天；女性提議兩人換班，這樣男性就可以多請 1 天假，最後女性又提出可以再幫男性多代班 1 天，所以男性要去 5 天。

5番―2

医者と患者が話しています。この患者は、どんな運動をすればいいですか。

女 健康のために、運動はしたほうがいいですよ。

男 こう見えても、昔はバスケットボールの選手だったんですよ。また始めたいなあと思ってるんです。

女 この歳で、ああいう激しいスポーツは、関節を傷めますよ。テニスなんかも同じです。

男 じゃ、どんな運動がおすすめですか。

女 山歩きとかおすすめですよ。

男 自転車とか水泳はどうですかね。

女 激しくならない程度に、ゆっくりこいだり泳いだりすれば問題ないと思いますよ。

男 わかりました。

この患者は、どんな運動をすればいいですか。

解析
- こう見えても（雖然看起來是這樣，但是…）
- この歳で（這種年紀）
- ああいう激しいスポーツ（那樣激烈的運動）
- 激しくならない程度（不要變成太激烈的程度）
- ゆっくりこいだり泳いだりすれば（慢慢騎、慢慢游的話）

2

1番―3

二人の大学生が話しています。二人は、なぜこの会社に頼むことにしましたか。

女 このステレオを北海道に送りたいんだけど、白猫便とゆうパックと瀬川急便、どれがいいと思う？

聴解

男 このステレオ何キロあるの？

女 １３.５キロ。

男 １５キロから２０キロまでだったら、白猫便の家具宅急便が安くてお得だよ。それに一番速いし。でも、１３.５キロなら、ゆうパックが一番安いけどね。

女 保証があるのがいいんだけど。

男 ゆうパックでも保証はオプションで付けられるよ。でも、そうすると、白猫便と瀬川急便よりも高くなるよ。それだったら、一番安いのは瀬川急便で、その次は白猫便だよ。

女 速く着くのがいいんだけど。

男 だったら、決まりね。

女 そうだね。

二人は、なぜこの会社に頼むことにしましたか。

解析
● ステレオ（立體音響）
● 安くてお得だよ（便宜所以很划算喔）
● ゆうパック（日本郵局提供的包裹寄送服務）
● 保証はオプションで付けられる（理賠是可以選擇追加的）

2番—4

二人の社員が話しています。二人は、なぜこの人にしましたか。

女 どの人を採用するのがいいと思いますか。

男 一人目の人は、声が小さくて自信なさそうですね。二人目の人は、頭はよさそうですが性格悪そうです。三人目の人は、真面目そうですが頭悪そうです。どの人を採用するのがいいのか…

女 いくら頭がよくても、性格の悪い人は使いにくいですよ。それから、頭が悪い人は、使うほうが疲れますよ。そう考えると、もう決まりですよ。

男 そうですね。でも、私としては、自信がない人もあまり好きじゃありません。この仕事は自信がないとできませんよ。頭が悪くても、真面目にやってくれればいいと思うんです。

女 でも、頭悪いといちいち指示しないといけないので、疲れませんか。

男 私はそれはあまり気にしませんよ。頭が悪くても、真面目な部下はかわいいもんですよ。

女 それならいいんですが。でしたら決まりで

すね。

男 はい。

二人は、なぜこの人にしましたか。

解析

- 採用する（錄用）
- 自信なさそうです（好像沒什麼自信）
- 頭はよさそうですが性格悪そうです（頭腦好像很好，但是個性好像很差）
- 真面目そうですが頭悪そうです（好像很認真，但是頭腦好像不好）
- 使いにくいです（不容易使喚）
- 使うほうが疲れます（使喚人的那一方會很累）
- いちいち指示しないといけない（必須逐一指示、命令）

3番—4

夫婦が旅行のプランについて話しています。二人はなぜ、このプランにしましたか。

女 食事が付いてる宿泊プランと付いてない宿泊プラン、値段の差はあまりないわね。でも、食事は8時までって書いてあるよ。

男 だったら、なしのプランでいいじゃん。

女 でも、食事の付いてるプランのほうが得だよ。

男 でも、その時間までにホテルに着くのは無理だから、食事が付いてても意味がないよ。だから、なしのプランでいいよ。

女 わかった。じゃ、そうしよう。

二人はなぜ、このプランにしましたか。

解析

- 宿泊プラン（住宿方案）
- 食事の付いてるプランのほうが得だよ（有附贈餐點的方案比較划算喔）
- その時間までに（在那個時間之前）
- 意味がない（沒意義）

4番—2

男の人と女の人が話しています。女の人はなぜ、これを注文しましたか。

男 何頼む？

女 焼肉一人分。

男 でも、もう500円払って食べ放題コースにしたほうが得なんじゃない？

女 そんなに食べたくないなあ。

男 ダイエット中だから、食べたくないんでしょ。

女 いや、もう目標体重になったから食べてもいいんだけど。でも、今日はそんなに食べたいと思ってないから、軽くでいいわ。

男 そう。じゃ、僕は食べ放題にするよ。

女の人はなぜ、これを注文しましたか。

聴解

解析

- 食べ放題コース（吃到飽方案）
- ダイエット中（減肥中）
- 軽くでいいわ（吃少一點就可以了）
- そんなに食べる気がしないから（因為不想吃那麼多）

5番——2

二人の学生が話しています。女の人はなぜ、この会社に頼むことにしましたか。

女 実家に荷物を送ろうと思うんだけど、何で送るのがいいと思う？

男 宅急便でいいんじゃない？

女 宅急便にもいろいろあるじゃない。白猫とか、コアラ便とか、隼便とか。

男 重さが1キロまでなら、白猫が一番安いよ。それ以上で3キロまでなら、コアラ便。それ以上なら、隼便が一番安いよ。

女 よく知ってるね。これ1キロないから、もう決まりだね。

男 でも、安いのがいいのなら、郵便はもっと安いよ。でも遅いけど。

女 遅いんだったらだめだ。速いほうがいいよ。やっぱりさっき言ったののほうがいいよ。

女の人はなぜ、この会社に頼むことにしましたか。

解析

- 実家（老家）
- 宅配當中，重量 1 公斤以內的話，「白猫」最便宜。
  重量 1 公斤以上、3 公斤以內，「コアラ便」最便宜。
  超過 3 公斤的話，「隼便」最便宜。
- よく知ってるね（你很了解耶）

難題原因

- 對話中出現很多與答題相關的因素，必須一一筆記分析才能作答。
- 影響女性選擇的因素有兩點：
  (1) 送達速度快的比較好；郵局太慢。
  (2) 要寄送的物品未達 1 公斤；「白猫」是一開始提到的 3 家宅配中，1 公斤以內最便宜的。
- 所以女性決定選比郵局貴但速度較快的「白猫」。

6番——3

二人の大学生が話しています。男の人は、なぜこの会社にしたいと思っていますか。

女 どの会社に決めたの？

男 横浜工業。

女 この前、東京産業のほうがいいって言ってたじゃないの。

男 給料では、東京産業のほうがいいんだけど、これからの時代、東京産業の事業はあまり先がないような気がするん

だ。だから、横浜工業を選んだほうが安全だよ。

女 確かにそうよね。給料よりは安定のほうが大事かも。

男 それに、東京産業はとてもきついらしいよ。だから給料もいいんだよ。

女 そっか。

男の人は、なぜこの会社にしたいと思っていますか。

解析

- あまり先がないような気がするんだ（感覺好像不太有前途）
- きついらしい（好像很辛苦的樣子）
- だから給料もいいんだよ（所以薪水方面也很好）

難題原因

- 對話中出現很多與答題相關的因素，必須一一筆記分析才能作答。
- 答題的關鍵因素有兩點：
  (1) 男性提出的：東京産業の事業はあまり先がないような気がするんだ。だから、横浜工業を選んだほうが安全だよ。（感覺東京産業的事業好像不太有前途，所以選擇橫濱工業比較安全。）
  (2) 女性附和的：給料よりは安定のほうが大事かも（比起薪水，安定也許比較重要吧）

3

1番—1

二人の大学生が新技術で作ったスイカの種について話しています。

男 それなあに？

女 種無しスイカの種。

男 種無しスイカなんだから、種はないはずだよ。

女 これを蒔くと、種がないスイカができるのよ。

男 変だなあ。じゃ、その種はどこから取ったの？種無しスイカの中に種はないでしょ。

女 この種は、薬品を使って作ったものなのよ。新しい技術なんだって。

男 そんな薬品で作った種から出てきた作物とかって、どうかな。

女 何？

男 作物にしてもその種にしてもやっぱり自然のままが一番だよ。薬品とか遺伝子改造とかで作ったものはちょっと…

男の人は、新技術で作ったスイカの種につ

聴解

いてどう思っていますか。

1 人間が作り出したものなので抵抗を感じる。

2 人間の英知の結晶で素晴らしいものだと思う。

3 とてもおいしい実がなりそうだと思う。

4 見てくれはいいが変な実がなりそうだと思う。

解析
- 種無しスイカ（無籽西瓜）
- 蒔く（播種）
- 自然のまま（自然生長沒有經過人工改造的）
- 遺伝子改造（基因改造）
- 抵抗を感じる（覺得不太能接受）
- 英知の結晶（智慧的結晶）
- とてもおいしい実がなりそう（可能會長出非常好吃的果實）
- 見てくれ（外表）

難題原因
- 一開始針對無籽西瓜為什麼會有籽這個問題討論，會讓人以為最後的問題點是這個，一定要聽完全文及題目才能正確作答。
- 答題關鍵有 2 點：
  (1) 作物にしてもその種にしてもやっぱり自然のままが一番だよ。（不論是作物還是作物的種籽，還是自然生長沒有經過人工改造的最好）
  (2) 薬品とか遺伝子改造とかで作ったものはちょっと…（用藥物或是基因改造做出來的東西還是有點…）
- 透過以上 2 點可以得知男性覺得無籽西瓜是人為產物，覺得不太能接受。

2番—2

テレビで風俗研究家が米について話しています。

男 日本人は稲作民族で、2千年以上前から米を主食としてきました。日本人にとって、米はとても大切で欠かすことのできないものであり、日本文化には、米に関係のあるものが多いです。団子、餅、お酒、せんべいなどは、どれも米やもち米から作ったものです。おめでたいときには、赤飯を作って祝い、おむすびを作ってお弁当にします。ご飯の上に魚をのせて寿司もつくります。また、米を収穫した後の稲の茎は、屋根の材料にしたり、わらじという履物の材料にしたりします。日本文化の中で、米はいろいろな面で欠かすことのできないものです。

風俗研究家は、米についてどのような面から話していますか。

1 米の主食としての妥当性

2 米と日本の文化のかかわり

3 米の利用価値

4 東洋人の米食文化の歴史

解析

- 稲作（種植稲子）
- 餅（年糕）
- 赤飯（紅豆糯米飯）
- もち米（糯稻）
- わらじ（草鞋）
- 履物（鞋子、鞋類）
- かかわり（關聯）

3番—3

動物園で男の人と女の人が話しています。

男 このチンパンジー、人間によく似てるなあ。僕みたいな顔してるよ。

女 DNAは、人間と2パーセントしか違わないのよ。

男 じゃ、人間とチンパンジーの違いの秘密は、その2パーセントの違いに隠されているんだね。

女 そう。人間とチンパンジーの共通の祖先がいてどちらもその動物が進化したものだとも、別々の祖先から進化した動物だとも言われてるわ。

男 でも、僕はその前者の説は信じられないなあ。だってさ、なんで中間的に進化した動物がいないのかがよくわからない。

女 それもそうね。

男の人は、人間とチンパンジーとの関係についてどう思っていますか。

1 チンパンジーも人間も同じ祖先から進化した動物だ

2 チンパンジーは人間の祖先だ

3 チンパンジーと人間は、もともと別の動物だ

4 チンパンジーと人間はすべての面においてその違いが大きい

解析

- チンパンジー（黑猩猩）
- 人間と2パーセントしか違わない（和人類只有2%不一樣）
- 共通の祖先（共同的祖先）
- 中間的（中間性質的）

難題原因

- 必須完全理解全文才能正確作答。
- 此題可借助「刪去法」找出正解，——刪除文中沒有提到的選項或不吻合的選項。
- 答題關鍵在於男性提到的「僕はその前者の説は信じられないなあ」，表示他無法相信女生提出的第一個說法，認為第二個說法才是對的，也就是黑猩猩和人類是從不一樣祖先演變而成的兩種動物。

4番—2

会社で男の人と女の人が話しています。

男 まだそんな化石みたいな携帯電話使って

聴解

るの？古いなあ。

女 何よ、その言い方。いらないもの付いてなくてシンプルなところが気に入ってるの。

男 今はみんなスマートフォン使ってるんだぞ。

女 そんなのいらないよ。カメラほどいい写真が撮れるわけじゃないし、パソコンほど高性能じゃないでしょ。それに、私は使いやすさを重視してるのよ。

男 まあ、そうだけど。でも、一台で何でもできると便利じゃない。

女 いらないったらいらない。古いタイプの携帯電話とパソコンとカメラを別々に持ってるほうがよっぽどいいわ。

女の人は、古いタイプの携帯電話についてどう思っていますか。

1 使いやすくはないけどシンプルでいい。
2 余計なものがなくて使いやすい。
3 一台で何でもできてすごい。
4 軽くて便利だ。

解析
● 化石みたい（像化石一樣，衍生為過時、老舊的）
● シンプル（簡單的）
● カメラほどいい写真が撮れるわけじゃないし（又不是像照相機一樣可以拍出好照片）
● パソコンほど高性能じゃない（不像電腦那樣具備高性

能）
● 使いやすさ（容易使用的程度）
● よっぽどいい（更好）
● 余計なもの（多餘的東西）

5 番—4

テレビで料理研究家が梅干について話しています。

女 日本人の食卓に欠かせないものの一つは、梅干です。平安時代に作られ始めました。江戸時代になると、一般庶民も食べるようになりました。とてもすっぱいので、唾液がたくさん出て、食が進みます。食べ物がなかった時代には、貴重な保存食でした。これ1粒でご飯を食べて、1食を済ませることができました。今でも、日本人は、日常的に梅干を食べています。コンビニでお弁当を買えば、梅干が入っているし、おむすびにもよく入れます。

料理研究家は、梅干の何について話していますか。

1 梅干を使った料理
2 梅干の効能
3 梅干の産地

4 梅干の歴史<ruby>梅干<rt>うめぼし</rt></ruby>の<ruby>歴史<rt>れきし</rt></ruby>

解析
- 梅干（醃梅子）
- 欠かせない（不可缺少的）
- 庶民（平民百姓）
- 唾液（口水）
- 食が進みます（增進食慾）
- 保存食（可以長期存放的食物）
- 1食を済ませることができました（就可以解決一餐了）
- おむすび（飯糰）

4

1番—1

女　<ruby>後<rt>あと</rt></ruby>は<ruby>私<rt>わたし</rt></ruby>に<ruby>任<rt>まか</rt></ruby>せてください。

男　1　じゃ、お<ruby>願<rt>ねが</rt></ruby>いしますね。
　　2　ええ、<ruby>頑張<rt>がんば</rt></ruby>ります。
　　3　<ruby>私<rt>わたし</rt></ruby>が<ruby>任<rt>まか</rt></ruby>されるんです。

中譯
女　接下來就請交給我。
男　1　那麼，就拜託你囉。
　　2　嗯，我會加油。
　　3　我受託於人。

2番—2

男　<ruby>急<rt>いそ</rt></ruby>いでますから、この<ruby>続<rt>つづ</rt></ruby>きはまた<ruby>今度<rt>こんど</rt></ruby>。

女　1　そうですね。じゃ、ここで<ruby>待<rt>ま</rt></ruby>ってますよ。
　　2　わかりました。じゃ、また<ruby>時間<rt>じかん</rt></ruby>のあるときに。
　　3　ええ、ちょっと<ruby>休憩<rt>きゅうけい</rt></ruby>してからまた…

中譯
男　因為趕時間，下次再繼續。
女　1　是這樣啊。那麼，我在這裡等你喔。
　　2　我知道了。那麼，就等你有時間再做。
　　3　嗯，休息一下後再繼續…

3番—3

女　このままじゃ、<ruby>間<rt>ま</rt></ruby>に<ruby>合<rt>あ</rt></ruby>いそうにないですね。

男　1　<ruby>余裕<rt>よゆう</rt></ruby>ですよね。
　　2　じっくり<ruby>仕事<rt>しごと</rt></ruby>をやるべきですよ。
　　3　<ruby>今日<rt>きょう</rt></ruby>から<ruby>残業<rt>ざんぎょう</rt></ruby>するしかありませんね。

中譯
女　這樣下去的話，好像會來不及耶。
男　1　時間綽綽有餘吧？
　　2　工作應該踏踏實實地去做啊。
　　3　只好從今天起開始加班了。

解析
- じっくり（踏踏實實）

121

聴解

4 番—3

男 今のシュートよかったね。その調子で頑張って。

女 1 次は頑張ります。すみません。

2 最近は、なかなか上手になってますよ。

3 あんな感じですか。頑張ります。

中譯

男 剛才那個射門（投籃）太棒了，要保持這個狀況繼續努力。

女 1 我下次會加油，對不起。

2 最近手感變得很好呢。

3 就是那種感覺嗎？我會加油的。

解析

● シュート（射門、投籃）

5 番—2

女 実は、話があるんですが…

男 1 あの絵本と似たような内容です。

2 遠慮しないで話してください。

3 面白そうな話ですね。

中譯

女 我有話要説…

男 1 內容跟那本繪本類似。

2 不用客氣，請説。

3 好像是很有趣的故事耶。

解析

● 実は（要坦白承認某件事情時的用語）

難題原因

● 要測驗考生是否理解發話者想要表達的語氣。

● 在此對話中，「実は、話があるんですが…」是表示發話者「想詢問對方能不能聽自己説話」的意思。

6 番—3

男 あなたの言うことはもっともですが、しかし実際には難しいかと。

女 1 では、私のいうとおりにしてください。

2 じゃ、やってみるつもりですね。

3 そうですか。ちょっと残念ですね。

中譯

男 你説的有道理，但是實際上做起來是很困難的。

女 1 那麼，就請你按照我説的去做。

2 那麼，你打算試試看吧？

3 是嗎？有點可惜耶。

解析

● もっとも（合乎道理）

7 番—1

女 ちょっと試しに一曲歌ってみてもらえる？

男 1 はい、じゃ、一曲歌います。

2 はい、じゃ、見せてもらいます。

3 はい、じゃ、彼に一曲 歌わせます。

中譯

女 能請你為我們試唱一首歌嗎？

男 1 好的，那我就獻唱一曲。

2 好的，那就讓我見識一下。

3 好的，那就讓他唱一首歌。

解析

● 試しに（試著）

難題原因

● 要測驗考生是否知道「動詞て形＋もらえる？」這種和授受動詞有關的表現方式。

● 在此對話中，「歌ってみてもらえる？」是「可以請你為我們試唱一下嗎？」的意思。

8 番—3

男 まさか、一回目でこんなにうまくできるとは。

女 1 困りましたね。

2 それは無理ですよ。

3 私、才能あるかもしれませんね。

中譯

男 沒想到第一次就能做得這麼好。

女 1 真傷腦筋啊。

2 那是不可能的。

3 也許我有過人的才能。

解析

● まさか（沒想到）

9 番—2

女 やっぱり、嘘つくのはまずかったわね。

男 1 嘘をつくのは、つらいことだよ。

2 最初からほんとのこと言ったほうがよかったな。

3 やっぱり、ちゃんと嘘つけばよかった。

中譯

女 説謊果然是要不得的。

男 1 説謊是件很辛苦的事。

2 要是一開始就説實話就好了。

3 還是覺得應該好好説謊的。

解析

● 動詞た形＋ほうが＋よかった（要是有做…就好了）

● 動詞ば形＋よかった（要是有做的話…就好了）

10 番—2

男 困ってるの？僕にできることはある？

女 1 あなたのためにできることはないなあ。

2 ありがとう。気持ちだけでもうれしいよ。

3 困ってるから、あなたには何もしないわ。

中譯

男 在傷腦筋嗎？我能幫什麼忙嗎？

女 1 沒有能為你做的事情。

2 謝謝你。你的好意讓我很高興。

3 很傷腦筋，所以我對你什麼都不做。

聴解

11 番——3

男 山下先生は、何時ごろ来ることになって
います か。

女 1 3時になってしまいました。
　 2 予定では、もう5時になります。
　 3 予定では、3時半ごろです。

中譯

男 山下老師決定幾點左右會來？
女 1 已經3點了。
　 2 按照預定計畫，已經5點了。
　 3 按照預定計畫，大約3點半。

難題原因

● 要測驗考生是否知道「動詞原形＋ことになっていま
す」的用法。
● 「動詞原形＋ことになっています」是「決定做…」
的意思。

5

【1 番、2 番】

1 番——1

両親と娘が、旅行のことについて話してい

ます。

女1 今度友達と旅行行くんだけど、私も行
ってもいい？

女2 だめ。子供だけで旅行なんて、危なすぎ
るわ。

女1 クラブのみんなで行くんだよ。大丈夫
よ。

男 もう受験じゃないか。遊んでる時間なん
てないよ。勉強しろ。

女1 旅行行っても、受験には関係ないと思う
わ。

女2 どうする？お父さん。

男 先生も行くんならいいよ。

女1 もちろん先生もいくわ。お父さんが明日
の懇談会で先生に聞いてみてもいいわ。

女2 お母さんは反対なんだけどね…でもま
あ、お父さんしだいだわ。

男 じゃ、まあいいかな。

両親は、どうすることに決めましたか。

1 娘を旅行に行かせる。
2 娘を旅行に行かせない。
3 先生に行くかどうか聞いてみる。
4 先生に行ってくれるように頼む。

解析

- 危なすぎる（太危險）
- 懇談会（懇親會）
- お父さんしだい（要看爸爸來決定）
- まあいいかな（好吧，可以吧）

難題原因

- 聽解全文中三人不停地穿插對話，可能會因為某人的一句話就轉變事情的走向。所以要隨時記下所有細節，而且一定要聽到最後才能正確作答。
- 答題關鍵有 2 個：
  (1) 媽媽最後説的「お父さんしだい」（要看爸爸來決定）。
  (2) 爸爸最後説的「まあいいかな」（好吧，可以吧）。

2 番──2

三人の大学生が、レストランで話しています。

女1 久美子、よく食べるね。どうしたの？

男 あ、さては失恋でもしたんじゃない？

女2 違うよ。

女1 なんか変だなあ。嫌なことでもあったみたいによく食べるね。

男 わかった。成績が下がって親に叱られたんでしょう。

女2 ばれた？

女1 だって、久美子最近弘樹のことばかり考えてて、全然勉強してないんだもん。

女2 そんなことないわ。デートするときはデ

ートして、勉強するときはちゃんと勉強してるわ。

女1 勉強しててもあまり頭に入ってないのかもね。頭は弘樹のことでいっぱい。

女2 もう！

久美子はどうしましたか。

1 勉強しないので親に叱られた

2 勉強しているのに成績が下がった

3 失恋した

4 弘樹に邪魔されて全く勉強できない

解析

- さては（該不會…）
- ばれた（被發現了）
- デートするときはデートして（約會時就去約會）
- 勉強するときはちゃんと勉強してる（念書的時候也很認真念書）
- あまり頭に入ってない（沒有記住）

【3 番】

3 番──2、3

店員が、育毛剤の選び方について話しています。

女1 育毛剤には、血行促進タイプ、毛母細

聴解

胞活性化タイプ、男性ホルモン抑制タイプ、抜け毛防止タイプの4つのタイプがあります。自分の頭皮を前後に動かしてみて、あまり動かない人は、頭皮の血行が悪くなっていると考えられます。そういう人は、血行促進タイプを選んでください。野菜が嫌いでたばこやお酒が大好きな人は、ビタミン不足によって毛母細胞の働きが悪くなっていると考えられます。そういう人は、毛母細胞活性化タイプを選んでください。親や親戚に薄毛の人はいませんか。親や親戚に薄毛の人がいれば、遺伝的な原因で男性ホルモンが強くなっていることが考えられます。そういう言う人は、男性ホルモン抑制タイプを選んでください。また、抜け毛が多い人は、今は禿げていなくても、将来禿げてしまう可能性があります。そういう人は、抜け毛防止タイプを選んでください。

男 俺も君ももう歳だなあ。最近生え際がやばくなってきたよね。

女2 そうだね。もう４５歳だからね。

男 あの薬、なかなかよさそうだな。

女2 うん。一緒に買ってみようか。

男 俺は、親戚には禿げいないんだけどね。何で俺だけ禿げるんだろう。思い当たるのは、野菜取らずにたばこばっかり吸ってることかな。

女2 うちは、禿げ家系で、父も母も髪が薄いの。全くの遺伝よ。

質問1 男の人には、どのタイプの育毛剤がいいですか。

質問2 女の人には、どのタイプの育毛剤がいいですか。

解析

- 育毛剤（生髮劑）
- 血行促進（促進血液循環）
- 毛母細胞活性化（活化毛囊）
- 男性ホルモン（男性賀爾蒙）
- 抜け毛防止（防止掉髮）
- 血行が悪くなっている（血液循環變不好）
- ビタミン（維他命）
- 薄毛（頭髮稀少）
- 禿げて（禿頭）
- 生え際がやばくなってきた（髮線越來越後退）
- 思い当たる（想到）
- 禿げ家系（禿頭血統）

難題原因

- 問題看似簡單，但是聽完全文後要去分析男性、女性分別適合哪一種生髮劑，一定要邊聽邊筆記，才能在聽完題目時找到相關的答題線索。
- 問題 2 的答題線索是女性最後說的「全くの遺伝よ」，從這句話可以得知女性適合的是「抑制男性賀爾蒙的生髮劑」

勝系列 23

突破等化計分！新日檢N2標準模擬試題
【雙書裝：全科目 5 回 + 解析本 + 聽解 MP 3】

初版 1 刷　2013 年 9 月 5 日
初版13刷　2022 年 2 月21日

作者	高島匡弘・福長浩二
封面設計	陳文德
版型設計	陳文德
插畫	南山
責任主編	邱顯惠
協力編輯	方靖淳

發行人	江媛珍
社長・總編輯	何聖心
出版發行	檸檬樹國際書版有限公司 lemontree@treebooks.com.tw 電話：02-29271121　傳真：02-29272336 地址：新北市235中和區中安街80號3樓
法律顧問	第一國際法律事務所 余淑杏律師
全球總經銷	知遠文化事業有限公司 電話：02-26648800　傳真：02-26648801 地址：新北市222深坑區北深路三段155巷25號5樓
港澳地區經銷	和平圖書有限公司 電話：852-28046687　傳真：850-28046409 地址：香港柴灣嘉業街12號百樂門大廈17樓
定價	台幣499元／港幣166元
劃撥帳號	戶名：19726702・檸檬樹國際書版有限公司 ・單次購書金額未達400元，請另付60元郵資 ・ATM・劃撥購書需7-10個工作天

突破等化計分！新日檢N2標準模擬試題 /
高島匡弘・福長浩二合著. -- 初版. -- 新北
市: 檸檬樹, 2013.08
面；　公分. -- (勝系列；23)
ISBN 978-986-6703-70-6 (平裝附光碟片)